보조개

보조개

이송현 청소년소설

주니어김영사

차례

복수의 또 다른 이름, 권다경 6

황금 물고기 31

호텔 ANG, 둘만의 계약 47

유치하게, 때론 과감하게 67

플러스알파 86

소리 나는 심장 101

그냥 122

즐거운 날은 오고야 말리니 139

달밤에 우리가 바라는 건 155

그 이상을 꿈꿔, 난. 174

나쁜 연애, 착한 너 190

작가의 말 210

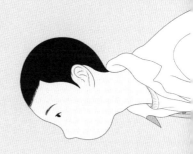

복수의 또 다른 이름, 권다경

바이올린 선율이 잔잔히 울렸다. 〈사랑의 인사〉, 참으로 고전적인 곡이었다. 러브호텔 로비에 흐르기에 묘하게 암시적이면서 이질적이었다. 호텔 입구에 설치된 센서가 손님을 감지하면 영락없이 바이올린 선율이 로비의 사각지대에 위치한 스피커를 통해 잔잔히 흘렀다. 입구에 들어서는 손님들에게 〈사랑의 인사〉가 얼마나 적절한 곡인지, 그들의 사랑을 한껏 무르익게 만드는 데에 얼마만큼 지대한 공헌을 할지 알 길은 없으나 유찬은 파블로프의 개보다 빠르게 카운터로 달려가 손님을 맞이했다. 그래 봤자, 객실 번호와 요금 결제를 안내하는 것이 전부였다.

호텔 ANG(앙)의 원래 명칭은 'SARANG'이었다. 러브호텔 명칭으로 이보다 노골적이고 대범한 것이 또 있을까. 세월의 풍파를 비껴가지 못한 유찬네 호텔은 8년 전, 대한민국을 강타한 태풍을 이겨 내지 못하고 'SAR' 부분을 날려 버렸다고 했다. 그리하여 지금의 'ANG'만 남았지만 호텔 소유주인 리처드 기 아저씨는 러브호텔에서 태어난 유찬을 떠올리며 간판을 보수하지 않았다. 앙앙거리며 태어난 유찬을 추억하는 이름이 되겠구나, 싶었단다.

"그래서 뭘 어쩔 건데?"

방금 입실한 커플을 향해 유찬이 뒤돌아 성호를 몰래 긋더니 내게 물었다. 유찬은 무신론자이면서 자기네 호텔을 찾는 군인 커플, 정확히 말하자면 군 입대한 남자와 여자 커플을 볼 때면 그들의 안녕을 빌었다. 고무신 거꾸로 신지도 말고, 행여나 군화도 바꿔 신지 말고 커플의 사랑이 영원하길⋯⋯ 호텔 ANG을 방문한 군인 커플은 절대 깨지지 말길!

"나, 엄마한테 복수할 거야."

사무실 겸 카운터로 불리는 호텔 ANG의 비좁은 공간은 나에겐 작은 안식처였다. 두 사람이 나란히 누우면 빠듯한 공간이었지만 유찬은 늘 내게 간이침대를 양보했다. 사실 이 공간에는 간이침대 대신에 바로크 양식의 괴상망측한 의자가 있었다. 유찬의 아버지, 그러니까 이 러브호텔의 주인인 리처드 기 아저씨가 디스크 수술을 하면서 들여온 물건이었다. 리처드 기 아저씨는 여간해선 유찬한테 카운터를 맡기지 않는 사람이었다. 몇 주 전, 객실에서 벌어진 난투극에 휘말리지 않았더라면 아저씨의 허리도 멀쩡했을 것이었다. 허리 통증이 점점 심해져서 큰 병원에 가 보라고 했지만 리처드 기 아저씨는 유찬에게 "사랑의 힘으로 버텨 보마"라고 했단다. 통증이 심해질 때마다 근처 마사지 샵에서 말도 통하지 않는 중국인 마사지사에게 몸을 맡긴다고 될 일이 아니었다.

니는 라꾸라꾸 침대에서 봄을 일으키며 비장한 표정을 지으려 미간에 힘을 주었다. 내 미간을 제 검지손가락으로 꾹 누르더니 유찬이 잔소리를 늘어놓았다.

"이도흠, 복수는 아무나 하는 줄 알아? 제대로 복수하려면 네 모의고사 등급으론 어림도 없어."

도대체 내 성적과 복수 사이에 어떤 상관관계가 성립되는지 모르겠으나 분명한 것은, 내가 복수를 꿈꾼다는 사실이었다.

"복수 말고 사랑을 해, 날도 좋은데."

난 더 이상 엄마한테 아무것도 아닌 존재로 살고 싶지 않았다. 우리 가족은 망가졌다. 한 집에 산다고 가족이라고 이름 붙일 수는 없었다. 일방적으로 공격당하고 흠집이 나도 참는 짓은 더 이상 안녕이다. 〈사랑의 인사〉 선율이 다시 울렸다. 유찬이 예의 바른 영업용 미소를 지으며 새로 입장한 50대로 보이는 중년 커플에게서 카드를 받아 들었다. 객실 번호를 알려 주며 녀석은 "좋은 시간 보내십시오"라고 인사를 건넸다. 중년 남자가 무표정한 얼굴로 유찬을 물끄러미 쳐다보더니 엘리베이터 쪽으로 발길을 돌렸다. 서너 발자국 떨어져 있던 여자가 남자의 곁으로 쪼르르 다가가더니 팔짱을 꼈다. 그러고 보니 엄마와 아버지가 저렇게 팔짱을 끼고 나란히 걷던 때가 있었던가.

"성경에 그런 말도 있잖냐. 네 원수를 사랑하라."

유찬이 TV 리모컨으로 내 어깨를 툭 쳤다. TV 화면에서 네 식구의 보금자리를 구한다는 의뢰인의 집 구하기 예능 프로그램이 한창이었다.

'지금은 네 식구의 보금자리를 구한다지만 곧 원수가 될지도…… 원수, 원수!'

"야, 기유찬! 그래, 그거야. 원수!"

주먹을 쥐고 다시 간이침대에 털썩 누워 버린 나를 바라보고 유찬이 겁에 질린 표정을 지었다.

"뭐냐, 너?"

나는 주먹을 다시 불끈 쥐어 보았다. 그토록 고민할 때는 뾰족한 수가 떠오르지 않더니 이렇게 쉽게 복수의 방법이 내 앞에 등장하다니!

"우리 엄마한테 유일한 약점은 고객 떨어지는 거야. 그것 외에 다른 건 신경도 안 쓰잖아."

테이블 위에 놓인 메모지에 수성펜으로 단어를 끄적였다. 유찬이 메모지에 적힌 단어를 멀거니 쳐다보았다. 나는 Love와 revenge를 순차적으로 가리켰다.

"복수를 위해 엄마의 최고 고객과 사랑을 하겠어!"

그동안 독서는 웹툰과 만화가 1순위였다는 사실을 부인하지 않겠다. 그래서 나의 복수론이 다소 만화적인 요소가 다분한 것은 어쩔 수 없다. 어찌되었건 모로 가도 서울만 가면 된다는 속담도 있지 않은가. 유찬의 눈빛을 보니 내 방법이 녀석에겐 영 마음에 들지 않는가 보다. 하긴, 러브호텔에서 태어나 러브호텔에서 자란 유찬에게 인생 최고의 미덕은 사랑이었다.

"하, 엉뚱한 새끼. 너희 엄마를 타깃으로 삼아야지, 엄마의 고객이 무슨 죄냐? 너 그럼 지옥 가."

연애를 복수의 수단으로 삼는 자는 반드시 지옥행 특급 열차를 타게 될 것이라고 녀석이 저주를 퍼부었다. 검지로 메모지에 적어 놓은 revenge를 가리키더니 중지로 Love란 단어를 꾹 찍어 눌렀다.

"이도흠, 넌 자세가 틀려먹었어. 우리 아버지 호텔에 오는 사람들 중 그 누구도 복수 때문에 연애하진 않아. 다들 죽고 못 살아서 오지. 그런데도 그들은 언제나 해피 엔딩은 아닐 거야. 그런데 넌 시작부터 사랑이 아니라 복수라고? 이 연애는, 내가 장담하건대 백 퍼센트 실패야."

부귀영화를 누리자고 학원 땡땡이까지 감내하면서 여고 정문이 보이는 편의점에 앉아 있는 게 아니다. 지나가는 여고생들이 불닭 볶음면을 흡입하는 유찬을 보며 킥킥거렸다. 세 번째 고백에 실패한 나는 입안이 바싹 말라서 단내가 날 지경인데 유찬은 "여고 앞 편의점에서 먹는 불닭 볶음면이라 그런지 더 맛있다"는 헛소리를 지껄였다.

"왔다."

내 말이 신호탄이 되어 유찬이 젓가락질을 멈췄다. 녀석의 코칭대로 고백을 했다가 단단히 망신만 당한 이후, 나는 사나운 꿈자리까지 감수해야만 했다. 녀석은 자신의 연애 코칭은 백발백중이라며 학교 안의 온갖 연애 상담을 도맡았다. 러브호텔 CEO의 자제이니 사랑에 관해선 사신이 대한민국 열어덟 중 던연고 최고라는 것이었다. 하지만 엿듣기에도 거북한, 죄다 느끼하거나 노래 가사 같은 멘트를 날리며 상품권이나 간식을 이용해 만남을 성사시키는 유찬에게 도움을 청할 수밖에 없었다. 난 연애 고자니까. 연이은 나의 실패에 유찬은 제가 퇴짜 맞은 것처럼 펄펄 날뛰었다. 그러더니 급기야 네 번째 고백의 순간을 관찰하러 친히 납신 것이다.

무리를 지어 나오는 다른 여학생들과 달리, 다경은 혼자였다. 갈색 뿔테 안경이 인상적이었다. 안경테에 눈매가 반쯤 가려졌는데도 큰 눈동자가 멀리서도 확연히 보였다.

"쟤야? 쉽지 않을 것 같은데."

"뭘 보고?"

"관상. 내가 또 관상에 일가견이 있잖냐. 저런 얼굴은 넘사벽이야. 포기해, 이도흠."

예뻤다. 누가 봐도. 그러나 이것은 어디까지나 표현력 제로인 나의 설명이었고 유찬의 말에 따르면 다경은 "한 사람의 인간으로서 압도적인 아우라가 있다"는 것이었다. 목발이 익숙치 않은지 걸음을 떼는 모습이 사뭇 조심스러웠다.

"너, 지금 심호흡하냐?"

사흘 간격으로 차였다. 자꾸 차이다 보면 심장에도 굳은살이 생겨서 괜찮을 거라고, 게다가 다경한테 진심도 아니니 충격도 없을 거라는 생각과 달리, 차인다는 건 유쾌한 기분과 거리가 멀었다. 나는 이온 음료로 입안을 가글하며 다시 한 번 숨을 크게 들이마셨다.

"야, 이도흠. 이 고백의 성공률은 거의 제로에 가까우니까 그냥 막 들이대. 기록적인 횟수로 차이다 보면 저 넘사벽 애가 두뇌에 널 새겨 넣고 '또 왔니?' 하고 인사할 날이 올지도 몰라."

이온 음료병을 유찬의 가슴팍에 던졌다. 녀석은 영화 감상이라도 하는 듯 의자에 발까지 올려놓고 구경 모드로 길 건너편을 주시했다. 횡단보도 신호가 초록색으로 바뀌고 한 무리의 여자애들이 길 건너편으로 달리는 나를 보고 웃었다. "화이팅!" 하는 목소리도 귓가에 스쳤다. 얼굴이 화끈거렸다.

"이 정도 쪽팔림은 감당해야 제대로 복수하지."

복수가 쉬웠다면 세상을 사는 누구나가 복수를 하겠다고 달려들었겠지. 게다가 나처럼 삶에 큰 의욕이 없는 인간형은 더더욱 복수란 단어와 거리가 멀었다. 한밤중, 걔가 우리 엄마를 불러내지만 않았다면 이토록 어처구니없는 복수극을 시도하지 않았겠지.

엄마의 생일이었다. 갑작스러운 아버지의 퇴직 후, 우리 집은 살얼음판이 따로 없었다. 아버지는 엄마 몰래 아르바이트를 한 눈치였다. 한 푼, 두 푼 모은 용돈으로 샀을 선물과 케이크를 보며 나는 가슴이 철렁했다. 두 분의 결혼 생활 내내 기념일을 챙긴 사람은 엄마였다. 퇴직이 아버지를 변하게 했나 싶어서 우울한 기분이 들 정도였다. 엄마역시 낯선 아버지의 행동에 아무 말이 없었다. 오랜만에 식탁에 둘러앉아 케이크를 사르는 순간, 엄마의 휴대폰이 요란스럽게 울렸다.

회원 1
권다경 학생

액정 화면에 뜬 이름이었다. 우리 집 생계를 보장하는 이름이었다. 입시 대리모인 엄마의 최상위 고객이었다.

"집에서는 휴대폰을 끄지."

아버지의 나직한 목소리에 엄마의 눈매가 날카롭게 변했다. 케이크를 자르던 플라스틱 칼을 소리 나게 내려놓더니 엄마는 전화를 받았다. 그리고 겉옷과 핸드백을 챙겨 현관으로 나섰다.

"어디 가세요?"

내 물음을 간단히 무시하고 엄마는 차 키를 집어 들었다. 아버지는 그런 엄마를 향해 목소리를 조금 더 높였다.

"생일날 케이크 한 조각은 같이 먹고 나가지 그래?"

"지금 케이크가 문제예요? 돈을 벌어야 케이크도 사고 쌀도 살 것 아니에요! 지금 생일잔치하게 생겼냐고!"

엄마의 날 선 말에 아버지는 식물처럼 변했다. 그냥 자리에 앉아 자르지 않은 케이크를 멀거니 바라보고 있을 뿐이었다. 돈벌이하지 못하는 가장이란 베란다 구석에 오래 방치된 메마른 식물 같은 것일까. 엄마의 휴대폰에는 늘 고객의 이름이 떴다. 내가 엄마한테 전화를 거는 횟수보다 남의 집 자식들의 상담 전화 목록이 더 많았다. 단 한 번도 불평하지 않았다. 아버지의 퇴직 이후, 엄마는 필사적이었으니까. 누나의 유학 비용, 우리 집 생활비를 책임지는 건 엄마였다.

그러나 그날만은 그러면 안 되었다. 다경은 자정이 가까운 시간에 제 부모를 놔두고 우리 엄마한테 전화해서는 안 되었다. 그 어떤 고객도 자정이 넘어가는 시간에 엄마한테 전화하지 않았다.

응급실에서 우리 엄마한테 전화한 다경의 사정은 내가 알 바 아니었다. 가진 게 돈뿐이라는 그 집안의 외동딸이, 제 부모를 놔두고 왜 하필 우리 엄마를 찾느냐 말이다. 하트 모양의 초콜릿 장식을 멀거니 바라보는 아버지를 보는 순간, 나는 복수하기로 결심했다. 엄마의 일을 망치는 것으로, 다경을 우습게 만드는 것으로.

서툰 목발질에 다경이 휘청거렸다. 관계를 발전시키려면 찬스를 놓치지 않아야 한다는 유찬의 조언에 팔이 절로 움직였다. 넘어지려는 다경을 붙들었다.

"너, 나 알아?"

눈앞의 다경이 나를 꿰뚫을 기세로 쏘아보았다. 순간 움찔했지만 나는 태연한 척하며 씩 웃어 보였다. 엄마의 수첩에 적힌 그대로다.

돌려 말하는 것을 싫어하고 목적이 분명한 일에만 움직이길 좋아하는 애. 논리적 사고와 이성적 판단을 장착하고 사는 여자애를 상대로 눈웃음을 치고 있는 내 꼴이 가관이었다.

"앞으로 자차 알아 가려고."

얘는 벌써 네 번째 같은 질문을 하고, 나는 같은 대답을 했다. 길 건너편 편의점 파라솔 아래에서 재밌다는 듯 구경하고 있을 유찬이 뭐라고 놀려 댈지 뻔했다.

'이도흠, 이 정도면 차이는 기술에 통달했으니 책이라도 써야 하는 거 아니야?'

내 이상형도 아닌 여자애한테 거짓된 마음으로 사귀자고 들이대는 나도 정상은 아니다. 바닥에 떨어진 목발을 주워 다경에게 건네고 돌아섰다.

연애란 무엇이냐. 열여덟 나에게 연애란 복수의 또 다른 이름이다. 눈앞의 여자애가 내 복수의 진짜 대상은 아니지만 반드시 복수의 도구가 되어 줘야만 했다. 목 끝까지 채워져 있는 단추, 구김 하나 없이 다림질된 자켓과 치마, 얼룩 하나 없는 새하얀 발목 양말 차림의 여자애와 축구화 없이 공을 차느라 엉망이 된 운동화, 우유를 먹다 흘린 얼룩이 남은 교복 바지, 풀어 헤친 와이셔츠 안에 삐죽이 얼굴을 내민 검정 티셔츠 차림의 나 사이에 그 어떤 공통분모가 존재할 것인가. 존재한다면 기적이지.

'오늘도 망했다.'

쌩하니 돌아섰던 다경이 갑자기 목발로 내 등을 쿡 찔렀다. 분명 교복 상의에 시키면 자국이 찍혔을 것이다. 나는 돌아서서 다경에게 다가갔다. 숨결이 느껴질 정도로 가까운 거리에 멈춰 섰다. 나는 내 콧김이 여자애의 얼굴에 닿지 않게 하려고 숨을 작게 나눠 쉬었다. 내 운동화에 그 애의 깁스한 발이 맞닿았다. 하마터면 한 발짝 뒤로 물러날 뻔했다. 고백한 놈이 뒷걸음질이라니! 발바닥에 힘을 주고 제 자리에 서 있었다. 콧구멍으로 자스민 향기가 스며들었다. 엄마의 수첩 안에 다경은 전국 모의고사 상위 1퍼센트이자 심신 안정, 스트레스 완화, 우울증 치료가 필요한 아이로 기록되어 있었다.

등과 이마에 땀이 맺힐 정도로 심장이 빠르게 뛰었다. 다경이 나를 뚫어져라 보지만 않았다면 심장 부위를 손으로 움켜쥐고 싶은 지경이었다.

"너, 심장에 이상 있어?"

"이번이 네 번째야. 너 같으면 고백한 애한테 계속 거절당하는데 심장이 멀쩡하겠냐?"

괜히 부아가 나서 으르렁거렸다. 어르고 달래도 모자란 상황에 큰소리라니! 망했다 싶었는데 다경이 피식 웃었다. 얜 웃을 때 오른쪽으로만 입꼬리가 올라간다. 그리고 오른쪽 뺨에 작은 보조개가 생긴다.

"그런 심장 데리고 나한테 사귀자고? 제대로 뛰지도 못하는 심장을 갖고?"

"심장이 준비 땅, 하고 뛰냐?"

나를 바라보는 다경의 눈동자가 갈색 뿔테 안경 사이로 유난히 반짝였다.

"널 보고 나선 불규칙하게 뛰어, 관심 있으니까."

평소 같으면 절대 할 수 없는 멘트였다. 유찬의 코칭이 아니었다면 절대 입 밖으로 내보내지 않을 말이었다. 호텔에 방문하는 커플들한테서 엿들은 닭살 멘트 활용은 유찬이 최고였다.

"전형적인 사기꾼 멘트네. 그럼 계속 혼자 뛰어 봐."

한결같아서 나쁘지 않다는 생각이 들었다. 다경의 입에서 나오는 쌀쌀맞은 말과 달리, 갈색빛을 띤 눈동자가 첫 번째 고백 때보다 다정해 보였다. 아무래도 다섯 번째 고백을 도모해야 할 것 같았다.

가끔 나는 스마트폰 어플로 엄마의 뇌 구조를 확인해 보고는 한다. 매일매일 엄마의 뇌 속에는 다양한 생각들이 자리 잡고 있는 것을 볼 수 있었지만 최신형 스마트폰 어플도 엄마 뇌 속에 숨은 생각을 모두 찾아내기에는 역부족인 것 같았다. 특히 시험 기간에 엄마의 예민함과 훈계는 극에 달했다.

"오늘이 중간고사 마지막 날이지?"

"아마도."

특히나 가망 없는 수학이 1교시였다. 아직 내 입으로 '수포자'라고 공표하지 않았을 뿐이지, 수학을 대하는 내 자세는 이미 '수포자'나 다름없었다.

"아마도? 넌 정신 자세부터가 틀렸어. 하나밖에 없는 아들이라고 자꾸 기대하는 내가……."

엄마의 휴대폰 소리가 요란하게 울렸다. 받기 전에 목소리를 가다듬는 것을 보니, 고객 전화였다. 나는 새카맣게 단 식빵 모서리를 이로 살살 긁어 먹었다. 혀끝에 닿는 씁쓰레한 맛이 나쁘지 않았다. 지금의 내 처지 같아서 정겹게 느껴지기까지 했다.

"지훈 학생이 지난 모의고사에서 수학이 떨어졌다구요? 네네, 당장 교체해야지요. 입시 전략을 다시 세워 보구요. 아니요, 컨설팅은 불가능하구요……."

아마 한 통의 전화로 엄마는 수십만 원의 수익을 올렸을 것이다. 엄마의 전략적 계획과 선택은 내 또래 아이들에게 핑크빛 미래를 선사할 것이라고 학부형 고객들은 신봉하고 있었다. 하지만 정작 아들인 내게 엄마의 전략적 계획과 선택은 씨알도 먹히지 않으니 아이러니했다.

손바닥만 한 OMR 카드를 한껏 노려보았다. 손을 들어 답안 카드를 바꿔 달라고 해야 하나, 말아야 하나 잠시 고민했다. 객관식 15번부터 답을 밀려서 체크했다. 아침에 집을 나서면서 "난, 너 포기 안 해. 포기하는 건 내 남편으로 끝이야"란 엄마의 말을 되새김질하지 않았다면 답을 밀려 쓰는 일은 생기지 않았을 것이다.

"그냥…… 포기하자."

언제나 그랬듯 시험은 지루했고 사람을 피곤하게 만들었다. 활짝 열어 놓은 교실 창으로 벚꽃잎이 날아들었다. 봄바람에 흔들리는 커튼을 바라보고 있자니 졸음이 몰려왔다.

누군가 반장에게 딥 좀 크게 말하라고 아우성쳤고 찌증이 난 반장이 서술형 주관식 답을 불러 주다 말고 칠판에 적기 시작했다. 눈으로 쓰윽 한번 훑어보니 점수에 큰 기대를 하지 않는 편이 정신 건강에 좋을 것 같다는 결론에 이르렀다.

채점하다 만 시험지 위에 만화를 그렸다. 시험지에 멍석말이를 당한 남자애의 모습이었다. 남자애는 나를 닮아 있었다.

"잘 좀 그리지, 쯧쯧."

유찬은 만화가 그려진 내 시험지를 앞뒤로 훑어보더니 도대체 몇 점인 거냐고 중얼거렸다. 컴퓨터용 사인펜으로 시험지 위 남자애의 눈썹을 짙게 칠했다.

"어머님이 자식 교육에 너무 안일하신데? 미세스 스카이면 내신이면 내신, 수능이면 수능! 전부 꿰고 있는 거 아니었나?"

미세스 스카이는 엄마의 또 다른 이름이었다.

"그런 건 귀신이나 가능한 거야."

엄마는 귀신이었다. 강남권에서 미세스 스카이 하면 알 만한 사람은 다 아는 유명인이었다. 학부모들 사이에서 엄마는 특급 몸값을 자랑하는 입시 대리모였다. 영재 소리를 듣던 누나 덕분에 엄마는 누나가 학교 다니는 동안 '돼지엄마' 노릇을 톡톡히 했다. 전교 일

등은 아무것도 아니라는 듯 성적표에 당연히 '1'을 새겨 오는 누나는, 나와는 노는 물이 달랐다. 모의고사를 보더라도 누나는 전국 상위 석차를 차지하고는 했다. 나는 죽었다 깨어나도 이루지 못할 일들이었다. 입시에서 전국 수석을 치지한 누나의 뉴스 인터뷰는 집안의 자랑은 물론이고, 아는 사람들 사이에서 회자되고는 했다. 그럴수록 엄마는 아주 유연하게 대처했다. 아무 일도 아니라는 듯, 자신만의 신념으로 이 모든 것을 순리대로 이뤘다는 느낌이 들도록 행동했다. 또래 학부모들은 엄마가 선택하는 학원이나 교재 정보를 얻으려고 엄마 뒤를 쫓았다.

엄마의 유명세는 학원가에 돌풍을 일으켰다. 우수한 학생을 유치하려던 학원가에서는 누나를 데려가는 대신 어찌된 영문인지 엄마를 스카우트하기에 이르렀다.

엄마는 누나의 생활 패턴에 맞춰 움직였다. 아버지의 출근길은 살피지 않아도 누나의 각종 시험, 과외 스케줄, 간식과 수면 습관, 바이오리듬까지, 사실 말이 좋아서 바이오리듬이지 배변 습관까지 길들여 놓았다.

누나는 엄마의 커리어를 보장하는 최고의 추천서였다. 입시 대리모인 엄마가 월 천만 원은 기본이고, 플러스알파로 얼마를 더 버는지는 하늘만이 알 일이었다.

"수학 점수 여기서 더 내려가면 이번 방학 때 엄마가 기숙 학원에 넣어 버린다고 했는데……. 젠장, 제대로 망했네."

가채점한 시험지를 보고 있자니 벌써부터 올 여름 장마가 걱정되었다. 세차게 내리는 빗속을 뚫고 나는 다경과 어깨를 나란히 하고 같은 우산 아래 서 있을 수 있을까?

음악실로 가는 길에 한바탕 소동이 벌어졌다. 언젠가 일이 터질 줄 알았지만 아마추어도 아니고 유찬이 걸릴 줄이야…….

"아, 선생님! 진짜 한 번만 봐주세요. 처음이었어요! 키스도 아니고 그냥 안기만 했는데요."

"뭐라고? 이 자식이 진짜! 시끄러워. 반, 번호, 이름 대!"

"선생님은 사랑의 감정도 모르세요? 좋아하는 게 나쁜 것도 아니고, 진짜!"

이번에는 진심이었는지 필요 이상으로 화를 내는 유찬을 보고 있자니 웃을 수도 없었다. 유찬 옆에 선 여자애는 한 학년 아래였다.

"어디 학교에서 애정 행각이야? 풍기 문란죄 몰라? 잔소리 말고 어서 반, 번호, 이름 대라니까."

결국 유찬은 제 사랑을 지키지 못하고 학생 주임에게 반, 번호, 이름을 대고 말았다. 의연하게 학생 주임에게 이름을 밝히는 유찬과 달리, 여자애는 눈물까지 글썽거렸다. 유찬은 여자애만은 지키려고 나름 애썼지만 융통성이라고는 전혀 없는 학생 주임에게 가당치도 않는 일이었다.

"학교는 사랑의 감정도 일깨우고 가르쳐야 하는 곳 아닙니까?"

유찬이 마지막 항변을 멋지게 해 봤지만 학생 주임은 출석부 모서리로 유찬의 머리를 가격하고는 학교는 사랑 따위가 아니라, 미래 인재를 양성하는 곳이라고 대꾸했다. 학생 주임이 떠난 자리에는 눈물과 후회만 남았나.

"그만 울어. 괜찮아."

유찬이 여자애에게 위로의 손길을 뻗었지만 방금 전까지 유찬의 품에 안겨 있던 애라고 상상할 수 없을 정도로 여자애는 매몰차게 유찬을 뿌리쳤다.

"선배는 지금 수행평가 점수가 빵점 나오게 생겼는데 그딴 말이 나와요?"

교내에서의 애정 행각 방지 방안으로 선생들은 학생들의 애정 행각을 발견하는 즉시, 수행평가 점수를 감하는 결의안을 통과시켰다. 학생들을 위한다는 명목이었지만 아이들 누구도 그런 요상한 '애정 행각 방지법'에 찬성하지 않았다. 모범생들에게는 관심 밖의 일이었고 연애를 꿈꾸거나 연애하는 애들에게는 말도 안 되는 '독재법', 또는 'H법'으로 불렸다. 'H'는 히틀러의 약자였다.

"수행평가 점수 빵점 받는다고 죽냐? 넌 우리 사랑보다 수행평가 점수가 중요해?"

"그걸 지금 말이라고! 수행평가 점수 깎여서 좋을 거 없잖아요! 대학 가는 데 문제 생기면 어떡할 건데요?"

지나가던 애들이 킥킥댔다. "연애학과 가라"며 노골적으로 놀려 대는 인간도 있었다. 수업 시작종이 울리고 여자애가 죽일 듯이 유찬을 노려보더니 복도 끝으로 사라졌다. 나는 구경을 끝내고 유찬의 등을 한 대 세게 쳤다.

"아, 따가워!"

"아프냐? 나도 아프다……. 너, 이 멘트로 쟤 꼬셨지?"

"어떻게 알았냐?"

놀란 눈으로 유찬이 나를 바라보았다.

"쟤랑 시작할 때 톡으로 실황 중계 했잖냐. 자기 사랑의 시작도 기억 못하는 놈이 뭐가 어째? 우리 사랑보다 점수가 중요하냐고? 용쓴다, 기유찬."

음악실로 들어서자 아이들이 유찬을 향해 휘파람을 불어 댔다. 유찬은 무표정한 얼굴로 그들의 환호에 일일이 손을 흔들었다.

"기유찬, 어디까지 갔냐? 소문대로 원 샷, 원 킬?"

세준의 노골적인 질문에 여기저기서 환호성과 박수가 쏟아졌다. 유찬은 자리에서 일어나 의자를 밟고 올라서더니 근엄한 얼굴로 한 마디 날렸다.

"섹스는 풍문이고 유혹은 현실이다."

모두들 아리송한 얼굴이 되어 버렸다. 그러자 유찬이 씩 웃는 낯으로 말했다.

"그대들이 무엇을 상상하든, 난 그 이상일세."

나의 이상은 어디까지일까? 이상을 현실로 만들기 위해 어떻게 움직여야 할까 고민하다가 나도 모르게 피식 웃고 말았다. 적어도 나는 유찬처럼 복도에서 애정 행각을 벌일 일도 없으니 감점당할 위험 부담은 제로였다.

한글을 간신히 깨쳤던 일곱 살 무렵, 나는 모험 이야기를 읽는 것에 재미를 붙였다. 이미 서너 살 때 한글을 깨우치고 짧은 영어 문장을 중얼거리던 누나와 달리 나는 책 읽는 속도부터 더디고 느렸다. 하지만 동화책 속에 적혀 있지 않은 세상을 마음속에 그려 보는 능력은 누나보다 낮지 않았을까.

내가 특히나 손에서 떼지 못했던 책은 《보물섬》과 《피터 팬》이었다. 나는 두 권의 책 속에 분명히 숨어 있을 세상의 끝이 궁금했다. 보물을 찾고 난 후, 보물섬 어딘가에 더 많은 보물이 숨겨져 있는 세상이 있을 것만 같았다. 피터 팬이 사는 네버랜드의 어느 구석엔 후크 선장만 알고 있는 세상의 끝으로 가는 문이 있지는 않을까 의구심이 들었다. 세상은 늘 활기차고 해피 엔딩으로만 끝나는 것 같지만 어린 마음에도 그것은 진정한 세상의 끝이 아니란 생각이 들었다. 사람들은 어쩌면 진짜 이 세상의 끝은 구경하지도 못하고 생을 마감하는 것은 아닐까.

"이도흠, 그만하고 가 봐야 하는 거 아냐?"

유찬이 고갯짓으로 내 휴대폰을 가리켰다. 진동으로 설정해 놓았음에도 불구하고 전화기가 요란하게 몸부림을 쳤다. 엄마였다. 나는 휴대폰을 뒤집었다.

"게임에나 집중해."

유찬과 한창 2인용 게임에 열을 올리고 있었다. PC방의 소음, 매캐한 냄새도 게임을 하는 동안은 문제가 되지 않았다. 엄마는 포기를 몰랐다. 휴대폰이 쉬지 않고 진동했다. 유찬이 내 휴대폰 화면을 확인하더니 내 교복 주머니에 휴대폰을 쑤셔 넣었다.

"아무래도 너, 시험 점수 나오기도 전에 기숙 학원이 아니라 지옥 가겠다."

나는 가방을 챙기며 괜히 의자를 발로 걷어찼다. 뒤편에 앉아 있던 예비군이 고개를 돌려 나를 노려보았다. 조용히 가라는 무언의 협박이었다. 해가 길어진 탓에 저녁 7시가 넘었는데도 PC방 밖은 여전히 밝았다. 유찬과 헤어지고 가로수를 따라 걸으며 상상했다. 오늘 세상의 끝은 우리 집 대문 앞이 아닐까. 최대한 느리게 걸었다. 지름길을 놔두고 일부러 집에 가는 가장 먼 길을 선택했다.

비가 내렸다. 소나기였다. 당당하게 비를 맞았다. 하릴없는 똥개처럼 거리 이곳저곳을 쏘다녔다. 교복 안 속옷이 흠뻑 젖을 때까지 걸었다. 시원했다. 그리고 목이 따끔거리기 시작했다.

'무슨 일이 있어도 병은 키우지 말아라.'

갑작스레 퇴직하고 대출 이자 상환 문제로 허덕일 때도 아버지는 몸 상태가 조금만 안 좋으면 병원으로 달려가곤 했다. 엄마는 그런 아버지를 보고 분통을 터트렸지만 아버지는 단 한 번도 병원 가는 것을 주저하지 않았다. 형편도 안 좋은데 병 키우다 크게 아프면 진짜 지옥이 우리 집으로 걸어 들어온다고 누누이 말씀하셨다.

찻길 건너 은행 건물 2층의 이비인후과 간판이 눈에 들어왔다.

"목이 부었네요. 소독하게 아, 소리 내 보세요. 아!"

백발이 인상적인 노의사가 자상한 목소리와 달리, 인정사정없이 목 안을 소독했다. 여덟 살 때 편도선 수술을 했는데도 걸핏하면 목감기에 시달렸다. 소독약 냄새가 콧구멍 안에 고였다. 헛구역질이 나왔지만 참았다. 그 바람에 눈가에 눈물이 고였다. 처방전을 받으려고 카운터에 섰는데 다경과 똑같은 교복을 입은 여자애가 주사실에서 나왔다.

"명 준 환자분."

간호사가 외치자 여자애가 내 옆에 섰다.

"유…… 유월아!"

유월은 나의 유일한 절친이었다. 유월은 초등학교부터 내가 전학을 가기 전까지 한 몸처럼 붙어다니는 친구였다. 준을 나는 '유월'이라고 불렀다. 처음에 준은 내가 사신을 유월이라고 부르자, 자기가 몸종저럼 느껴진다며 길길이 날뛰었지만 곧 익숙해졌다.

준(JUNE). 유월의 이름은 말 그대로 '유월'이었다. 그의 부모님, 특히 유월의 어머니는 무섭도록 계획적인 분이었다. 첫 몽정을 하고 들개처럼 쏘다니던 날, 유월은 나에게 고백했다. 자신의 이름이 '준

(JUNE)'이 된 사연에 대해서.

"도흠아, 너 그거 알아? 여름에 태어난 아이는 추진력이 대단하대. 시작했다 하면 끝까지 가는 거지. 엄마가 일부러 아버지랑 유월에 낳고 계획까지 세웠내. 심지어 사주도 미리 보고 그 날싸에 맞춰서 제왕절개까지 했다는데. 날 완벽한 아이로 키우고 싶었던 걸까?"

그렇게 유월의 이름은 6월을 뜻하는 영어 준(JUNE)이 되었다.

"너, 지금 런던에 있어야 하는 거 아냐?"

나는 오랜만에 만난 유월에게 물었다.

"보다시피 대한민국, 네 눈앞에 있네. 목이 잔뜩 부어서…… 목구멍에서 피 맛이 나고. 너도 그래?"

우리는 나란히 처방전을 받아 들고 병원을 나왔다. 거리로 나오자마자 동시에 같이 기침을 했다. 목 상태가 좋지 않은지 아까부터 유월이 마른기침을 해 댔다.

"뮤지컬 배우 되겠다고 영국 유학 갔잖아."

"이도흠, 요즘 K-POP이 대세야. 뮤지컬도 여기서 충분히 할 수 있다고."

유월은 연습 때문에 무리를 해서 그렇다고 했지만 연습이라고 해 봤자, 몰래 뮤지컬 동영상을 보며 독학으로 노래하는 것이 전부일 텐데……. 사실 영국 유학도 유월이네 부모가 영어 교육을 목적으로 보냈다고 알고 있다. 왜 되돌아왔느냐고, 솔직히 말하라고 했더니 한다는 게 실없는 소리였다.

"청국장이 너무 먹고 싶더라고. 내 노래의 80퍼센트는 청국장의 힘으로 나오는 거잖니."

금시초문이었다. "뻥치네"라고 중얼거린 내 혼잣말을 용케 들었는지 유월이 내 볼을 꼬집었다. 린딘으로 가기 진까지 유월은 늘 이런 식으로 날 괴롭혔다.

"아무래도 체계적으로 훈련받은 사람들에 비해서 폐활량이 달리는 것 같기는 해."

약국을 나서며 유월이 푸념을 늘어놓았다. 퇴근 시간 지하철 역사 안은 혼잡스러웠다.

"유월아, 폐활량 늘리는 데에는 트럼펫 부는 게 최고래."

갑자기 어디선가 본 기사가 떠올랐다. 신문인지, 잡지인지, 그것도 아니면 텔레비전 예능 프로그램에서였는지 기억은 나지 않았다.

"그래?"

"트럼펫 구경하러 갈래?"

충동적인 제안이었다. 유월 역시 충동적인 제안을 충동적으로 받아들였다. 나는 휴대폰으로 근처에 있는 악기점을 검색했다. 내가 검색하는 사이, 유월은 내 곁에 얌전히 앉아 두 다리를 달달 떨어댔다. 3년 만의 재회였다. 콧노래를 흥얼거리며 똑같은 멜로디를 반복했다. 지하철 역사 안 쇼핑몰은 사람들로 붐볐다. 여자들의 손에는 쇼핑백이 들려 있었다. 곁에 선 남자들의 손에도 여자들의 것으로 예상되는 쇼핑백이 달랑거리고 있었다.

지나치는 짧은 치마의 또래 여자애들을 보며 유월이 휘파람을 불기도 했다. 그러다가 갑자기 자리에서 일어나 누군가를 향해 뛰어갔다.

"귀신이다!"

유월이 아는 애들인 듯했다. 그리고 유월이 나를 돌아보는 순간, 나는 얼어 버렸다. 다경이었다. 유월의 말처럼 귀신 같은 권다경. 새하얀 얼굴에 새빨간 입술이 눈에 들어왔다. 무표정한 얼굴로 내 시선을 피하지 않는 여자애.

이런 곳에서 이런 식으로 자꾸 만나면…… 내 결심이 확고해지잖아. 나는 다경의 눈을 피하지 않았다.

"너, 쟤랑 친해?"

유월이 다경과 헤어지고 내 곁으로 쪼르르 달려왔다.

"우리 반 반장이야, 귀신."

"왜 귀신이야? 이름 있을 거 아냐."

왜 나는 귀신이란 별명이 궁금했을까. 학교에서 절대 졸지 않는 아이, 하얀 얼굴을 하고 꼿꼿하게 앉아 온종일 공부만 하는 아이, 표정 변화가 없지만 그렇다고 못되지도 않은 아이, 그것이 유월이 말하는 귀신 권다경이었다.

"쟤, 나하고는 비교도 안 될 만큼 완벽하게 세팅된 인생이거든."

엄마는 세팅된 인생을 돕는 구성원이자, 조력자였다. 세팅될 인생들이 없다면 우리 집은 밥도 못 먹고 살지 몰랐다. 세팅되지 않는다고 어른이 되지 못하는 것도 아닌데 사방에서 난리였다.

"이도흠, 너 여친 있어?"

그때 내 머릿속을 스치는 단어 하나가 있었으니, 그것은 다름 아닌 '복수'였다.

"내 이상형은 복수를 눈치채지 못하는 바보야."

지하에서 지상으로 올라가는 에스컬레이터를 탔다. 고개를 드니 하늘이 어둑해지고 있었다. 짙게 물든 노을 사이로 밤의 어둠이 찢듯이 밀고 들어왔다.

"뭐래? 세상에 그런 이상형이 어딨니?"

"있어. 그래서 말인데 유월아, 네가 그 여자 좀 알아봐 줘야겠다."

내 말이 어이없었는지 유월이 헛웃음을 지었다. 누군가 버린 음료수 캔을 발로 꾹꾹 눌러 밟더니 신발 아래 끼워 넣었다. 유월은 캔이 낀 오른발로 탭 댄스 추듯 따각따각 소리를 내며 박자를 맞췄다. 경쾌한 리듬이었다.

열여덟 여름, 나의 복수는 시작되었다.

황금 물고기

　미운 놈 때리기 어플이 대유행했다. 쉬는 시간이면 다들 미운 놈 때리기 게임에 매달려 여기저기서 기합 소리를 내고 야단도 아니었다. 다들 무엇에 그렇게 열 받아서 누군가를 때리는 데에 열광하느냐고 묻는다면 아마도 '그냥'이라고 대답하지 않을까.

　삼삼오오 모여 단체로 타깃을 한 명 잡고 아우성치며 점수를 내느라 쉬는 시간은 늘 전쟁통 같았다. 점수를 더 낸 팀이 진 팀에게 간식을 얻어먹기도 했다.

　어릴 때 놀이공원에서 했던 두더지 게임과 비슷한 것이 미운 놈 때리기였다. 장난삼아 옆자리 짝꿍의 사진을 찍어서 게임하는 녀석이 있는가 하면 수학 시간에 자기를 망신 준 수학 선생의 사진을 입수해서 죽어라 망치를 날리는 녀석도 있었다. 헤어진 여자 친구의 얼굴을 실컷 두들긴 후에 한껏 망가진 얼굴을 보고 실연의 상처를 치유하는 인간도 생겼다. 유찬은 이런 녀석들이 제일 저질이라고 했다.

"흠흠, 넌 안 해?"

유찬은 종종 내 이름 마지막 자를 이용해 '흠흠'이라고 불렀다. 여차하면 휴대폰 안으로 빨려 들어갈 기세로 휴대폰을 뚫어져라 보았다.

"진짜 미운 놈은 때린다고 끝이 아냐."

"그럼?"

"제대로 복수해야지."

나는 다경을 떠올렸다. 엄마의 노트북에서 찾아낸 최고의 복수 대상이었다. 엄마의 파일 속에는 다경의 내신 등급과 모의고사 점수, 토플과 일본어 능력 시험 점수뿐이었다. 성적으로 봐서는 전혀 호감의 대상이 아니었다. 기계 인간 같은 점수였다. 상위 1퍼센트라니. 누나랑 같은 종류의 인간이란 소리였다. 학창 시절 내내 커다란 뿔테 안경을 쓰고 책상 앞에 앉아 있는 누나의 모습이 내 기억의 절반을 넘게 차지하고 있었다. 미적분을 눈으로 푸는 기계 인간은 정말 별로였다.

유월에게 문자를 보냈다. 유월은 그날 지하철 역사에서 내가 다경에게 반한 줄 안다. 유찬이 휴대폰에서 시선을 떼지 않은 채 중얼거렸다.

"무서운 새끼. 그럼 못써. 복수를 가슴에 품고 있다는 것 자체가 입에 칼날을 물고 뛰어다니는 것이나 다름없다니까 그러네."

"알면 다쳐. 그나저나 기유찬, 너 아까부터 누굴 그렇게 두들겨 대는 거야?"

다급히 휴대폰을 숨기려는 녀석을 붙잡아 액정 화면을 확인했다. 머리에 붕대를 칭칭 동여매고 눈두덩이 시퍼렇게 변한 내가 웃고 있었다.

"그냥 재미로 한 거야. 삐진 거 아니지?"

나는 유찬에게 휴대폰을 던져 줬다. 녀석이 왜 이러는지 알고도 남았다. 휴대폰에서 유월과 찍은 사진을 발견한 녀석이 심통을 부리는 거다. 녀석은 내가 결코 그 누구와도 사진을 찍지 않는다는 것을 알았다.

 일단 자연스럽게 만나는 걸로. 8시, 전에 갔던 악기점으로 와.

유월의 문자를 읽은 유찬이 허탈하게 웃음 짓더니 휴대폰을 뚫어져라 노려보았다. 화면 속에서 나는 만신창이가 되어 가고 있었다. 미운 놈 때리기 어플 같은 건 대체 누가 만든 것인지.

"그만해, 기유찬. 그런다고 나 안 죽는다."

내 말에 유찬이 요란스럽게 소리 내어 웃었다.

"야, 인마. 내가 웃는 게 웃는 게 아니다."

나쁜 놈, 혼자 다 해 먹어라. 내 귀에 똑똑히 들리게 혼잣말하는 녀석이 사랑스럽다. 유찬이 그 누구보다 사랑에 목매고 있다는 것을 나는 안다. 그러니 이별을 겪은 여자애들이 유찬 주위에 몰려드는 것이겠지. 시큰둥히 "그딴 놈은 잊어. 사랑이 별거야? 더 좋은 놈 온다"라고 애늙은이 같은 소리를 하지만 그 목소리가 여느 때보다 다정하다는 것을, 녀석을 아는 애들은 본능적으로 알 수 있으려나.

아버지는 식물 같았다. 착한 식물. 강한 향기도 현란한 색채도 지니지 못한 식물. 약용으로도 식용으로도, 그렇다고 타고난 아름다움으로 관상용으로도 딱히 쓰일 리 없는 그런 식물 같았다. 개미지옥이나 끈끈이주걱 같은 개성 넘치는 식물이 아니라면 선인장같이 강인해 보이기라도 하면 좋으련만…… 아버지는 그냥 야생 풀꽃 같았다.

"다녀왔습니다."

"어이쿠야."

현관에 들어서니, 속옷 차림의 아버지가 허리를 구부리고 걸레질을 하고 있었다. 예전에 아버지는 허리를 굽히고 걸레질하다가 처음으로 나에게 발각되자 다급히 일어서면서 테이블 모서리에 머리를 찧었다. 정수리가 3센티미터가량 찢어져서 응급실에 함께 갔던 기억이 있었다. 엄마는 응급실에서 머리를 꿰매고 온 아버지에게 괜찮냐는 말 대신, 집안일이 만만치 않다는 것을 이제는 알겠느냐고 물었다. 아버지는 "미리 알았으면 정수리가 멀쩡했으려나?"라고 대수롭지 않게 중얼거렸다.

"그렇게 허리 구부리지 말고 밀대로 밀지 그러세요?"

"이게 더 편해. 운동도 되고."

나는 아버지한테 집안일로는 운동 효과를 볼 수 없다고 밀하려다가 말았다. 아버지는 거실 마루의 나뭇결 하나하나를 꼼꼼히 닦았다. 아버지의 세심함은 엄마가 입시 상담을 하며 받은 첫 월급으로 산 이탈리아제 티 테이블을 닦는 손길에서 드러났다. 세공품인 이탈리아제 테이블은 복잡하고 자잘한 조각 때문에 틈새 사이사이를 닦아 내기 쉽지 않았다. 아버지는 면봉을 갖고 와서 쪼그려 앉아 조각 틈새의 먼지를 훑어 냈다. 그 모습은 마치 수백 년 전, 이탈리아 장인이 우리 집 테이블을 만드는 광경을 연상케 했다. 사실 고가의 테이블이긴 했지만 수백 년의 역사를 간직하고 있는 물건인지는 모르겠다. 엄마는 모던한 분위기의 물건들을 싫어했다. 단조롭고 세월의 향기를 느낄 수 없는 물건은 진정한 명품이 아니라는 것이었다.

엄마는 돈을 벌기 시작하자 집안에 유럽 앤티크 가구를 들여놓았다. 아버지는 돈 낭비 아니냐고 한소리를 했던 적이 있었다. 엄마는 초기에 물건을 사들일 때마다 아버지의 눈치를 보고는 했다. 하지만 엄마가 입시 대리모로 일하며 버는 돈의 액수가 아버지의 월급을 넘어서자, 엄마는 더 이상 아버지의 눈치를 보지 않았다.

"씻고 나와. 뭣 좀 먹어야지."

갑작스레 회사에서 권고사직을 당하고 아버지는 나와 지내는 시간이 많아졌다. 밖으로 나가 돈을 버는 엄마를 대신해 집안일을 하고 내 간식을 챙겨 주기도 했다. 회사를 다닐 때처럼 처음에는 아버지와 나 사이에 대화가 없었다. 한 공간에 있지만 서로 없는 존재처럼 스쳐 지나칠 뿐이었다. 하지만 함께 마주보는 시간이 점점 늘면서 우리의 말수도 조금씩 많아졌다. 그렇다고 진지하거나 서로의 마음을 헤아리는 대화를 한 것은 아니었다.

나는 속옷을 챙겨 안방 욕실로 들어갔다. 드레스룸을 지나면서 나는 옷걸이에 걸린 엄마의 옷들을 찬찬히 살펴보았다. 검정색과 흰색이 가득한 옷장이었다. 화려함과는 거리가 먼 디자인의 옷들이 잔뜩 걸려 있었다.

"입시 대리모는 전략가야. 진학이라는 전쟁통 속에서 반드시 승리할 계략이 있다는 걸 보여 줘야지. 일단 외모에서부터 전략가의 냉철한 모습을 보여야 해."

엄마의 패션 감각은 투철한 직업의식에서 비롯되었다. 스마트폰으로 음악을 틀었다. 욕실 가득 경쾌한 리듬의 팝송이 흘렀다. 차가운 물줄기를 온몸으로 맞으며 나는 다경을 떠올렸다.

"여기…… 병원인데요…… 빨리 좀, 와 주세요."

엄마의 수화기 속에서 흘러나온 목소리를 똑똑히 기억했다. 엄마가 가장 큰 타격을 받는 일이라면 엄마의 고객을 데리고 장난치는 게 아닐까.

"할 수 있다! 이 정도면 나쁘지 않아."

샤워를 마치고 거울 앞에 섰다. 습기가 차서 뿌연 거울에 찬물을 뿌렸다. 촉촉이 젖은 피부와 흐트러진 머리칼이 제법 묘한 분위기를 만들어 냈다. 마르지도, 그렇다고 우락부락한 근육을 가진 것도 아닌 평범한 몸이 오늘따라 건강해 보였다. 나성을 쇼시기에 소금노 부족함이 없는 외모가 아닐까 하는 자신감이 넘쳤다. 흘러나오던 음악 소리가 전화벨 소리로 바뀌었다. 유월이었다.

"이도흠, 늦지 마."

유월에게 미안했다. 다경을 향한 내 마음이 진심이라고 믿는, 자연스러운 만남을 원한다는 내 말에 신이 난 유월에게 이 모든 것이 사기극이라고 말할 수는 없는 노릇이었다.

젖은 머리를 수건으로 탈탈 털며 방으로 들어갔다. 아버지는 물기를 떨어뜨리는 나를 아주 잠시 못마땅한 시선으로 보기는 했지만 별다른 말을 하지 않았다. 그저 식탁에 라면 끓여 났으니 불기 전에 먹으라는 소리가 전부였다. 매콤한 냄새가 침샘을 자극했지만 지금은 식탐보다는 유혹의 기술에 손을 뻗어야 할 때였다.

악기점은 한가했다. 한 무리의 대학생들이 드럼을 몇 번 두들기더니 달랑 드럼 스틱 하나만 사 들고 나갔다. 그 뒤로 손님이 뜸했다. 두어 명이 가게에 들어오긴 했지만 한 명은 길을 물어보는 사람이었고 다른 한 명은 근처 개업한 식당의 안내문을 돌리는 알바생이었다. 괜히 미안한 마음에 악기는 건드려 보지도 않고 구경만 했다. 그러자 속 좋은 주인이 이것저것 두들겨 봐야 쓸 만한 놈인지 알 수 있다고 조언해 줬다. 주인은 기껏해야 서른 후반으로 보였다. 커다란 체격과 짧게 자른 머리는 음악과 담을 쌓은 격투기 선수를 연상케 했다. LED 조명에 샤워하듯 빛을 쏘인 악기들이 반짝이고 있었다. 8시가 넘은 지 한참이 돼서야 유월이 악기점에 들어섰다.

"미안. 내가 늦⋯⋯."

"괜찮아, 늦을 수도 있지."

"엄마가 멋대로 과외를 새로 잡았어."

유월이 가게 안을 이리저리 둘러봤다. 곧 내 곁에 바싹 다가서더니 듣는 사람도 없을 텐데 귓가에 대고 속삭였다.

"아직이야? 귀신⋯⋯ 아니, 권다경 아직 안 왔어?"

주인공인데 더 늦어도 괜찮다는 내 말에 유월이 배를 잡고 웃는 시늉을 했다. 얘는 어릴 때부터 미안하거나 머쓱하면 이렇게 과장된 포즈로 웃어 댔다.

우리는 자연스레 트럼펫이 전열된 코너로 걸음을 옮겼다. 유월은 다경에 대해 주절주절 떠들면서 트럼펫을 살폈다.

"성적이나 그런 게 궁금한 건 아닐 테고. 학교에서도 말은 거의 없는데 딱히 비호감도 아니야. 그냥 세상사에 초월한 애랄까? 어중간하면 재수없다고 왕따라도 당할 텐데 워낙에 뛰어난 애라 그냥 뭐랄까. 애들도 귀신은 다른 종의 사람이라고 생각해."

"흠, 다른 종의 사람이라⋯⋯. 외계인일까?"

갑자기 유월이 말을 멈췄다. 그러더니 이를 드러내고 웃었다. 열 살 때 서울시에서 주최한 건치 어린이 선발 대회에서 으뜸상을 받은 전력이 있다더니 유월의 이는 끝내줬다.

"외계인은 너다. 중학교 때 너 좋다고 따라다닌 여자애들한테 관심도 없던 네가 권다경이 궁금하다니!"

유월은 언제나 사랑을 믿었다. 런던으로 가기 전에 내가 기억하는 유월은 늘 로맨스 소설을 옆구리에 끼고 다녔다. 힘든 하루를 계속 살아 내게 만드는 것이 사랑이라고 했다. 뮤지컬 배우가 되고 싶은 것도 여러 역할을 통해 다양한 사랑을 경험하겠다나, 뭐라나.

"이도흠, 내가 권다경 개인적인 정보 하나 알려 줘?"

"개인적 정보?"

나는 순간 은밀한 상상을 했다.

"6월 9일."

유월이 알쏭달쏭한 날짜를 말했다. 엄마의 노트북에 걔 생일이 기록되어 있었던가.

"권다경 생일이야?"

"노노. 6월 9일이 건치의 날인 거 몰라? 권다경도 건치 어린이로 뽑힌 적이 있더라구. 느낌이 좋아."

사람을 평가할 때의 유월의 기준을 처음으로 알았다. 특이한 기준이었다.

"도흠이 너도 건치 어린이였잖아."

"그때가 언제냐? 초등학교 1학년 때인데."

유월은 나에게 다경의 마음을 사로잡을 전략은 있는 거냐고 물었다. 나의 대답은 물론 "없다"였다. 엄마의 뒤를 칠 가장 센 복수극이 연애일 뿐이었다. 한밑쯤 엄마의 커리어를 망치고 싶었다.

휴대폰 진동이 울렸다. 이모티콘 하나 없었지만 유찬이 어떤 표정을 짓고 있을지 짐작이 갔다. 출입구에서 벨 소리가 났다. 유월과 나의 고개가 동시에 돌아갔다.

다경은 오지 않았다.

호텔 ANG 앞에서 유월이 묘한 눈으로 날 바라보았다.

"고등학교 가더니 많이 어른스러워졌다, 너. 밥 먹자더니…… 러브 호텔이 웬 말이냐?"

나는 괜스레 장난스러운 기분이 일었다. 유월의 팔짱을 끼고서 목소리를 낮췄다.

"유월아, 여기 핫플이야."

질색하는 유월의 등을 떠밀며 호텔 안으로 들어섰다. 밖으로 나오던 중년 커플이 우리를 보더니 혀를 찼다. 끌끌끌, 혀를 차는 소리에 '벌써부터 이런 데나 드나들고, 어린 녀석들이!'란 의미가 내포되어 있으리라.

〈사랑의 인사〉가 로비에 잔잔히 흘렀다. 리처드 기 아저씨가 카운 터에서 날 반겼다.

"어이, 이도흠. 오랜만이야."

나는 말없이 한달음에 다가가 리처드 기 아저씨를 포옹했다. 로비 화초에 물 주는 모습을 보니 허리 상태가 많이 좋아진 모양이었다.

"리처드, 이제 아프지 마세요."

리처드 기 아저씨를 처음 만났을 때, 아저씨라고 불렀다가 대놓고 싫어하는 바람에 아빠, 사장님으로도 불렀는데 더 질색했다. 리처드 기라고 부르라며, 안 그러면 유찬과 못 놀게 하겠다고 엄포를 놓았다. 리처드 기 아저씨는 유쾌한 분이었다. 좀 일찍 사랑에 눈을 떠서 유 찬이를 낳아, 삼촌뻘이라는 것을 강조하고는 했다. 절대 아저씨나 아 빠라고 부르지 말라고 신신당부하기도 했다.

"여기를 얼마나 자주 오면…… 오랜만이 웬 말이라니?"

속삭이는 듯했지만 유월은 목청이 좋았다. 유월을 본 리처드 기 아 저씨가 장난스레 말을 건넸다.

"도흠아, 사랑하는 여자니?"

"아니거든요!"

유월이 꽥 소리를 질렀다. 나는 돌아서려는 유월을 붙잡았다. 키득 대던 아저씨가 두 손을 들고 "농담, 농담. 조크"라고 하자 유월이 쌜 쭉한 표정을 지었다.

"503호실로 가면 돼요?"

유찬이 사는 방 호수를 대자, 아저씨가 또 다른 손님을 맞으며 천장 쪽을 가리켰다.

"천국으로 가 봐라."

5층 복도를 지나 우리는 천국으로 향했다. 유찬과 아저씨는 옥상을 늘 '천국'이라고 불렀다. 옥상 문을 열자, 익숙한 냄새가 내 코를 유혹했다.

"넌 배고프다는 놈이 이제 오냐? 다 퍼졌어도 모른다."

유찬은 짬뽕밥 하나는 기가 막히게 만들었다. 녀석을 키운 8할이 러브호텔이라면 나머지 2할은 러브호텔에서 자라면서 시켜 먹은 짬뽕이었다. 그 결과, 녀석은 철이 들기 시작하면서부터 제 손으로 짬뽕밥을 만들어 먹을 수 있게 되었다. 유찬은 휴대용 버너까지 구비해 놓고 달걀프라이를 만드는 중이었다. 대접에 짬뽕밥을 담기에 한마디 했다.

"한 그릇 더 준비해, 손님 데려왔다."

"누구 맘대로 손님……. 아, 아, 안녕?"

다행히 유찬은 국자를 떨어뜨리는 볼썽사나운 꼴은 피했으나 국자를 든 손이 달달 떨리는 것은 막을 길이 없었다. 내 휴대폰에서 유월의 문자를 발견하고부터 나에게 배신자라느니, 언제 여자를 알았냐느니 잔소리가 장난이 아니었다. 그러면서도 녀석은 카톡 프로필에 뜬 유월의 사진을 보고는 호기심을 드러냈다.

우리는 야외용 간이 테이블에 앉았다. 평소 같으면 밥그릇, 젓가락 정도는 알아서 챙기라고 잔소리했을 유찬이 한껏 점잖은 목소리로 말했다.

"저어, 혹시 짬뽕밥 좋아해?"

달이 밝아 그냥 집으로 돌아가기 아쉬웠다. 유월과 헤어지고 발길을 돌려 악기점으로 다시 갔다. 다경이 종종 방문한다는 악기점을 지나쳤다. 괜한 자존심이었다. 악기점이 즐비한 상가 끝에 자리한 '헨리 정 기타 천국'으로 향했다.

우리 집에서 독종으로 불리던 누나는 사실 기타를 배우고 싶어 했다. 수재로 불리며 공부 외에는 할 줄 아는 게 없다는 엄마의 대외 홍보용 멘트 때문에 누나는 '기타 좀 배워 보고 싶어요'라는 말이 차마 입에서 떨어지지 않았다고, 미국으로 유학 가기 전날 나에게 털어놨다. 존재하는지도 몰랐던 형제애를 위해서 자정이 다 되어 가는 시각 편의점에서 불닭 볶음면을 같이 먹어 달라고 했다. 매운 것을 먹으면 설사하는 걸 뻔히 아는 누나에게 '누굴 바보로 아냐!'라고 따지려다가 이제 미국에 가면 공부 끝날 때까지 못 본다는 생각에 편의점으로 따라나섰다. 불닭 볶음면을 먹으며 땀을 한 바가지 흘릴 무렵, 편의점 밖으로 기타를 짊어지고 가는 또래를 가리키며 누나가 제 속내를 털어놨다.

"미국 가면 꼭 기타 배워야지."

누나는 코를 훌쩍이며 불닭 볶음면을 다 먹었다. 내가 바나나우유를 두 개나 마실 동안, 독종답게 물 한 모금 마시지 않고 불닭 볶음면을 싹싹 긁어 먹었다. 그러고는 미국행 비행기에 몸을 실었다.

니는 '헨리 정 기타 천국' 앞을 서성이다가 가게 안으로 들어갔다. 그리고 밖에서부터 유심히 살펴본 기타에 시선을 주었다.

"기타하면 핑크지."

주인으로 보이는 사내의 말에 나는 웃고 말았다. 보디빌더를 연상케하는 체격에 짧은 머리가 인상적이었다. '기타 천국'과는 이질적인 모습이었다. 그는 핑크 기타를 진열대에서 꺼내더니 내 가슴팍에 안겼다.

"변태도 아닌데 음흉하게 쳐다보지만 말고, 만져도 보고 말도 걸어보고 그래."

그는 내 어깨를 툭 치더니 다른 손님에게 가 버렸다. 악기에 관심있는 애들이라면 한 번쯤 튕겨 봤을 기타를 나는 처음으로 자세히 구경했다. 유찬은 여자 친구를 만들려면 음악을 알아야 한다고 조언했다. 남고생에게 음악의 기본이자 시작은 기타라고도 했다. 기타는 낭만의 상징이고, 낭만은 로맨스의 또 다른 이름이라고 했다.

나는 기타 앞에서 서성대며 슬쩍 줄을 튕겼다.

띵. 띠링, 띠리링.

별 의미 없는 소리였다. 내가 듣기에도 너무나 어처구니없는 소리여서 픽, 하고 헛웃음이 났다. 낡은 내 스니커즈 앞에 황금 꼬리가 멈춰 섰다. 눈에 익은 발이었다. 깁스를 한 발.

"네 심장은 안녕하니?"

다경이었다. 기타를 매고 있었다. 시커먼 기타 가방에 황금 물고기가 수놓아져 있었디. 독특한 무늬었다. 핑크색 기타를 든 채, 나는 밀없이 황금 물고기만 넋 놓고 보았다.

"오늘은 고백 안 하게?"

고백이 잦았더니 재미가 들렸는지 놀리듯 말했다. 난 은근히 자존심이 상했다. 그러나 '나, 너 이용할 거거든!'이라고 외칠 수도 없는 노릇이었다.

"고백은 날이면 날마다 하는 줄 아냐? 오늘 계획에 고백 따위는 없어."

뇌와 상관없이 입이 멋대로 지껄였다. 모든 사고와 신체 기관이 정지되는 느낌이었다. 무조건 꼬셔야 하는 이 시점에, 내 입에서 나간 말은 그야말로 산통 깨는 소리였다. 그래도 여기서 포기할 수는 없었다. 꼬시려는 놈에게 이렇게 꼬셔야 할 대상이 제 발로 걸어온 마당인데, 그대로 기회를 날릴 수는 없었다.

나는 손을 들어 다경이 맨 기타의 황금 물고기를 가리켰다. 입이 떨어지지 않았다. 다경은 복화술도 하는지, 내 어설픈 동작을 곧장 읽어 냈다.

"아, 이거. 내 트레이드 마크."

"트…… 트레이드 마크?"

유월에게 들은 다경의 별명대로라면 소복 입은 귀신 인형을 달고 다녀야지, 왜 황금 물고기냐고 물으려다가 말았다.

"나 물고기자리거든. 넌?"

살면서 내가 무슨 별자리인지 생각해 본 적이 없었다. 염소자리 아니면 물병자리일 텐데 정확히 따져 보지 않아서 도통 모르겠다.

"그게 중요해?"

"당연하지. 난 그냥 물고기가 아니니까. 황금 물고기거든."

주인에게 끊어진 기타 줄을 보이는 다경을 관찰했다. 헨리 정과 제법 친한 사이인 듯했다.

나는 핑크 기타를 내려놓고 휴대폰으로 내 별자리를 검색했다. 무심한 표정으로 제 기타를 바라보던 다경이 고개를 돌려 나를 보았다. 까만 눈동자 속에 황금 물고기가 반짝인 것 같았다. 다경의 입꼬리가 잠깐, 아주 잠깐 올라갔다 제자리로 돌아갔다. 권다경…… 마음에 든다.

나는 물병자리였다. 내 안에 이 애를 담으면 딱 맞겠다.

호텔 ANG, 둘만의 계약

점심 급식에 삼치구이가 나왔다. 급식을 먹는 내내, 별자리에서 물고기자리는 과연 어느 종의 물고기를 뜻하는 걸까 궁금했다.

"그래서 네가 좋아하는 물고기가 뭐냐?"

"글쎄. 그게 중요한가?"

"이도흠, 자세가 틀렸어, 넌. 앞으로 물고기는 무조건 황금 물고기야. 알겠냐?"

유찬에게 연애의 비법을 물은 것이 실수였다. 비법만 전수받길 원했는데 녀석은 집요하게 유월의 정보를 요구했다. 황금 물고기라는 말까지는 하지 않았으면 좋았을걸, 무심코 황금 물고기자리라는 소리까지 하는 바람에 녀석은 나에게 '게임 오버'라고 놀렸다. 복수는커녕 다경한테 단단히 잡혔다고 혀를 찼다. 녀석이 젓가락으로 급식실 밖을 가리켰다. 나는 멀거니 젓가락 끝으로 시선을 옮겼다. 파란 하늘이 티 없이 맑아 보기 좋았다.

"복수 말고 사랑을 해, 날도 좋은데."

날 놀리려고 작정을 했는지 나보고 '사랑을 복수의 수단으로 삼기에 어리숙하고 어류에도 약한 존재'라고 지분거렸다. 뒤늦게 급식을 먹으러 온 반장이 삼치구이 별로냐고 물어 왔다.

"난 안동 자반고등어가 좋아. 연어도 좋고."

"그래서 지금, 네가 작업하려는 권다경이 고린내 나는 자반고등어나 초고추장이 없으면 느끼한 연어라는 거야? 이봐, 흠흠. 연애의 시작은 말이야, 누가 우선순위를 차지하느냐는 거야."

창밖을 바라보니, 점심을 먹고 난 아이들이 삼삼오오 모여 공을 차거나 농구를 하고 있었다. 엄마가 봤더라면 혀를 찼을 장면이었다. 황금 같은 휴식 시간에 예습이나 복습 대신 운동장에서 겅중겅중 뛰어놀다니 제정신들이냐, 할 것이다. 되지도 않는 연애의 기술 말고 나가서 땀을 흘리는 편이 나을지도 몰랐다. 유찬이 자타가 공인하는 '레이디 킬러'라지만 과연 공신력이 있을까 의심스럽기만 했다. 여자애들 대부분이 유찬의 화려한 외모와 말발에 홀딱 빠졌지만 또한 쉽게 헤어지기도 했다. 기유찬 연애의 최대 약점은 30일을 못 넘긴다는 점이었다. 그래서 유찬의 또 다른 별명은 '30일'이었다. 걸어다니는 연애 지침서라고 불리는 유찬이지만 아이들은 모르는 사실이 있다. 녀석은 사실 사랑을 믿지 않았다.

내 시선이 운동장 쪽으로 향하자 유찬이 커튼을 쳐 버렸다. 커튼

사이로 아이들의 함성 소리와 아우성이 흘러들었다.

"물고기자리 여자는 촛불 같은, 미묘하고 자극적인 강렬함을 갖고 있는 타입이지."

살아생전 이런 소리는 처음 들었다. 어떤 것이 미묘하고 자극적인지, 도무지 이미지가 떠오르지 않았다. 틀림없이 못 알아듣는 내 표정을 읽었을 텐데 유찬은 내 반응은 싹 무시하고 물고기자리 여자에 관한 브리핑을 하느라 흥분한 상태였다.

"그런데 너, 로또 된 거나 마찬가지다."

밑도 끝도 없는 소리에 나는 멍하니 유찬의 얼굴을 뚫어지게 쳐다봤다. 왼쪽 눈썹이 하늘로 치솟는 걸 보니 한껏 신났다.

"물고기자리 여자는 우리 나이에 딱이야."

설명을 하던 녀석이 갑자기 창가 난간에 훌쩍 뛰어올라 앉았다. 있는 폼, 없는 폼 다 잡더니 무릎 한쪽을 세우고 그 무릎을 제 양팔로 꽉 끌어안아 감쌌다. 보는 것만으로도 비위가 상하는, 묘한 포즈였다.

"물고기자리는 남에게 주는 것을 좋아해. 그러니까 아낌없이 몽땅 다 준다는 거지. 또 연인의 요구를 잘 들어줘, 아주 자알."

첫 만남 때부터 찬바람이 쌩쌩 불었던 권다경, 고백을 제대로 하기도 전에 '너, 나 알아?'라며 면박을 주던 권다경을 떠올려 보면 유찬의 설명에는 그다지 설득력이 없었다.

"그래서 물고기자리 여자들은 말이다. 일단 너, 심호흡부터 해."

유찬이 노려보는 바람에 심호흡하는 시늉을 했다. 똑바로, 제대로 하라는 지적을 받고 두어 차례 심호흡을 다시 했다.

"자신을 성적 억압에서 해방시켜 줄 경험 많은 연인을 원하지."

"커헉! 누가? 권다경이?"

"그래, 권다경이. 걘 특별히 황금 불고기라니까 진짜, 네가, 여러모로, 준비, 많이 해야 할 거다."

성적 억압, 해방, 경험 많은 연인, 권다경, 나, 성적 억압, 해방, 경험 많은 연인, 그거!

남은 수업 시간은 지옥이었다. 수학 시간 함수 문제를 풀다가도 그래프의 곡선이 다경의 가슴 라인으로 보였다. 최악은 마지막 음악 시간이었다. 다경이 음역대별로 내 이름을 부르는 모습을 상상하자, 심장이 제 박자를 벗어나 뛰기 시작했다. 다경이라는 판타지가 나에게 미치는 영향력은 무서울 정도였다. 이렇게 되면 복수극이고 뭐고 망했다. 말린 페이스였다. 음악 시간에도 다경 생각에 입을 벙긋거리는 척조차 하지 못했다.

"이도흠! 음악이 우스워?"

음악은 뭔가 피해 의식으로 가득한 요주의 인물로, S대 음대를 나오고 오스트리아 빈 대학에서 유학까지 하고 온 실력파였다. 교사가 되었을 때 나름의 꿈과 원대한 목표가 있었음이 틀림없다. 아마 우리를 데리고 빈 소년 합창단과 배틀을 붙어서도 이길 수 있을 거라고 믿었을 것이다. 하지만 대한민국의 교육 현실이란 것이 국·영·수 중심이다 보니 음악의 분노와 좌절감은 점점 늘어갔다는 게 뻔히 예상되었다. 음악 시간에 수학 문제를 풀거나 영어 단어를 외우는 아이들이 적발될 때면 음악은 괴수로 돌변했다. 학창 시절 틀림없이 내신 1등급은 거뜬히 받았을 음악에게 이런 모욕은 없었을 테지.

"이제는 아예 대놓고 안 부르는 거야? 머릿속으로 무슨 생각을 하기에!"

위기였다. 이 순간을 모면하지 못한다면 학기 내내, 두고두고 시달릴 것이 불 보듯 뻔했다.

"슈베르트의 숭어요."

나의 대답을 들은 음악의 눈빛이 백팔십도로 달라졌다. 유찬은 나를 돌아보며 감탄 어린 눈빛으로 엄지손가락을 들어 보였지만 반 아이들은 '뭐래?' 하는 표정이었다. 물고기자리에서 헤어날 수 없었던 위기의 순간, 음악실 벽에 걸린 위대한 음악가 중에 물고기와 관련된 슈베르트와 눈이 마주쳤다고 하면 설명이 될까.

음악이 나에게 다가오더니 정다운 손길로 내 머리를 쓰다듬었다. 고등학교에 입학한 이후로 누군가가 애정이 담긴 손길로 머리를 매만진 적이 없었다.

"우리 도흠이가 말한 슈베르트의 숭어는 사실 송어로 불려야 옳지요. 숭어는 바닷물고기이고 송어는 민물고기인데 사실 슈베르트의 숭어는 바로 민물고기 송어를 보고 영감을 얻어 음악으로 만든 것입니다."

음악은 그 뒤로 몇십 분을 슈베르트의 음악적 영감과 예술 세계에 대해 열강했다. 그러나 대부분은 슈베르트의 국적이 어디인지도 헷갈려 하는 마당에 아이들이 그의 예술 세계가 궁금했을 리가 없었다. 장담하건대 별자리설을 처음 만든 사람도 물고기자리를 숭어나 송어를 염두에 두고 만들지 않았을 것이다. 게다가 다경은 전혀 숭어와 닮지 않았다.

악기점에서 넋을 놓는 바람에 다경에게 번호를 물어보는 것을 새까맣게 잊었다. 하지만 담임이 그랬다.

'땀은 배신하지 않는다.'

세상에 어떤 일이든 땀 흘리지 않고 거저 얻을 수 있는 일은 없으니까 목적을 위해선 직접 뛰는 게 옳았다. 책상 서랍을 열어 악기점 명함을 꺼냈다.

'헨리 정.'

전혀 이국적으로 생기지 않은 외모가 떠올라 웃음이 터졌다. 휴대폰으로 명함에 적힌 번호를 눌렀다. 신호음이 꽤 오래 지속되어 끊으려는 찰나, '여보세요?' 하는 중저음이 들려왔다. 나는 황급히 전화를 끊었다. 나를 뭐라고 설명해야 할지 마음의 준비를 하지 않고 전화를 건 것이다. '악기점에서 만난 여자애 번호 좀 알고 싶은데요'라고 말할 자신도 없었다.

"그래, 직접 찾아가자. 가서 당당히 물어보자."

혼잣말을 중얼거리며 소심한 나의 심장에 당당해지라고 주문을 걸었다.

아버지가 안방 화장대 근처에서 어슬렁거리고 있었다. 먹이를 찾아 헤매는 맹수 같았다고 설명할 수 있었으면 좋으련만, 그저 돈 몇 푼을 찾아내려고 이곳저곳을 뒤지는 모양새였다.

"뭐 하세요?"

"아이쿠, 깜짝이야!"

모른 척하고 나갈걸, 왜 아는 척을 했는지 순간 후회했다. 목덜미까지 벌겋게 변한 아버지의 이마와 콧잔등에 땀이 송글송글 맺혀 있었다. 안절부절못하는 아버지의 어색한 표정에 난처한 것은 오히려 나였다.

"뭣 좀 찾느라……."

말까지 더듬는 아버지를 보자 갑자기 화가 치밀었다. 월 천만 원 외에 플러스알파를 번다면서, 엄마는 그 많은 돈을 어디에다가 쓰기에 나이 오십이 훌쩍 넘은 아버지가 좀스럽게 안방 구석구석을 뒤지게 만드는 걸까. 뒷주머니에서 돈을 꺼내 드릴까 생각했지만 아버지의 자존심이 상하는 것은 원치 않았다.

"나갔다 올게요."

"어딜 가려고?"

"그냥 잠깐요."

"엄마가 걱정한다."

아버지는 지금 그 말을 나보고 믿으라고 하는 소리일까. 엄마는 나를 걱정하지 않는다. 이미 포기했으니까. 나는 공부에 욕심도 없고 엄마가 바라는 명예로운 인생도 별로다. 그저 평범하게, 하루하루 즐겁게 살고 싶은 게 전부였다.

거실로 나와 내가 갖고 있는 3만 원 중에 2만 원을 반으로 접어 소파 사이에 꽂았다. 너무 뻔한 위치인가 싶어서 돈을 다시 빼내 장식장 안 가족사진 액자 앞에 놓았다.

"아버지! 장식장 안에 3만 원 있는데 만 원만 갖고 갈게요."

안방에서 대답이 없었다. 아마도 아버지는 내가 나간 다음 거실로 나와 장식장 앞을 서성일지도 모르겠다. 하지만 성인 남자가 돈 2만 원을 들고 나가서 할 수 있는 일이 뭐가 있을까.

유월에게 연락이 되지 않았다. 아무래도 과외를 빼먹은 것이 문제가 되었나 보다. 하긴 그냥 과외도 아니고 부르는 게 값인 족집게 과외였다. 몰래 오디션을 본다고 들떠 있더니 엄마한테 걸렸는지도 모른다. 더 이상 유월을 믿고 기다리기엔 똥줄이 탔다.

헨리 정, 나이 마흔넷, 독신주의는 아니고 그냥 노총각. 사흘을 드나들면서 알아낸 사실이었다. 물론 본인은 음악과 결혼을 했다고 주장하지만 내가 보기에는 어림도 없는 소리였다.

"진짜 본명이 헨리 정이에요?"

"아니."

"그럼 본명이 뭔데요?"

"친하지도 않은데 내 본명은 왜 알려고 들어?"

"궁금하니까요."

"너, 날 너무 쉬운 사람으로 보는구나. 네가 여기 온 이유는 내 본명 때문이 아니잖냐."

내가 헨리 정의 악기점을 문턱이 닳도록 찾는 이유는 단 하나, 다경이었다. 헨리 정과 인간적인 친분을 쌓고 자연스레 다경에 관한 정보를 얻어 내려고 했던 계획은 수포로 돌아갔다.

"넌 너무 노골적이야. 얼굴에 대놓고 써 있어. 악기가 아니라 여자애 때문에 여기 왔노라, 하고."

"어떻게 알았어요?"

그는 예상외로 비상한 관찰력과 추리력을 갖고 있었다.

"지난번 여자애랑 대화를 나누고 나더니 기타에 급관심을 보였었지. 그리고 오늘 와서는 그 여자애가 만졌던 기타 앞에서만 똥 마려운 강아지처럼 서성서성. 문만 열리면 고개가 홱 돌아가고. 그럼 답은 나온 것 아니냐? 나, 이래 봬도 경찰대 출신이야."

"겨…… 경찰대요?"

헨리 정은 뒤늦게 음악에 눈뜨지 않았다면 대한민국 최고의 프로파일러가 되었을 거라고 장담했다.

"저녁 먹었냐?"

"아뇨."

"배 안 고파?"

"고픈데요."

사람 무안하게 헨리 정이 내 얼굴을 빤히 쳐다봤다. 나도 멀뚱히 바라봤는데 한참을 그러고 있자니 눈싸움하는 것도 아니고 점점 낯부끄러워졌다.

"이도흠이라고 했지'? 넌 눈치가 없어서 연애는 못하겠다."

"안 돼요!"

코너에 몰린 쥐는 살 궁리를 반드시 찾기 마련이었다. 나는 휴대폰을 꺼내 근처 중국집에 자장면 하나와 삼선 간자장 곱빼기 하나를 주문했다. 신속 정확 배달을 자랑하는 중식계의 불문율 때문인지 주문한 음식이 20분 만에 도착했다. 마치 내가 그렇게 주문할 것을 기다리고 있기라도 한 듯.

헨리 정의 손이 자연스레 삼선 간자장 곱빼기로 향했다. 나는 헨리 정의 손을 가로막았다. 헨리 정이 '뭐냐?'라는 시선을 보내왔다.

"권다경 전화번호가 필요해요. 고객이라면서요. 고객 카드 있을 거 아니에요."

"너, 아주 반전 있다."

하지만 진짜 반전이 있는 사람은 헨리 정이었다.

"공일공 팔칠육사……."

고객 정보를 그렇게 손쉽게 누설하는 인간은 처음이었다. 그것도 자장면 한 그릇에 순순히 알려주는 사람은.

유혹의 기술이라는 것이 정말 이 세상에 존재할까. 영화부터 시작해서 드라마를 거쳐 급기야 책까지 독파했다. 특히 로버트 그린이 쓴, 무려 622페이지에 달하는 책을 끝까지 다 읽어 냈을 때는 내가 돌아도 한참을 돌았구나 싶었다. 파리스와 헬레네가 등장하는 그리스 로마 신화부터 샤를르 드 골과 존 F. 케네디가 대중을 사로잡은 현대사까지, 카사노바와 돈 후안부터 앤디 워홀과 찰리 채플린까지 동서고금을 종횡무진 넘나들며 성공한 유혹자들을 분석해 유혹의 전략을 명쾌하게 정리하여 보여 준다는 이 책은…… 나에게 아무것도 남기지 않았다. 유혹의 기술을 명쾌하게 정의 내릴 줄 알았던 믿음이 산산조각 났다. 괜히 머릿속만 복잡해졌다.

"아직이야? 권다경, 화석되겠네. 복수하겠다는 놈이 대시하지도 못하고, 쯧쯧."

유찬의 물음에 일부러 시큰둥한 반응을 보였다. 못 알아들은 척 귓구멍까지 후볐다. 여름 방학이 코앞인데 도무지 기분이 나지 않았다. 야자를 마치고 집으로 돌아가는 길에 단골 포장마차에 발길이 멈췄다. 떡볶이와 순대, 튀김을 시켰다.

"야, 이도흠. 번호도 받았다며. 무슨 놈의 배짱이 그렇게 없냐?"

그러게나 말이다. 내 뱃속에는 커다란 위장만 들었나 보다. 튀김과 떡볶이가 쉴 새 없이 입으로 빨려 들어갔다. 유찬은 순대 간만 골라 먹더니 들고 있던 이쑤시개로 내 손등을 콕 찔렀다.

"아얏!"

"아프긴 하냐? 야, 이도흠. 여기서 꾸역꾸역 먹지만 말고 전화할 용기가 없으면 개 동태라도 살펴. 그래야 어떻게 유혹할 것인지, 계획이라도 세울 것 아냐?"

역사 속의 모든 전투를 보더라도 제대로 붙은 전투 전에는 상대를 살피는 척후병, 스파이가 존재했다. 그러나 나에겐 스파이 대신 훈수만 두려는 유찬이뿐이니 또 내가 직접 부딪히는 수밖에 없었다.

'또다시 집으로 가야 하나?'

간밤의 삽질 장면이 떠올라 두 눈을 질끈 감았다.

정확히 스물한 시간 전, 나는 다경의 집 앞을 서성였지만 만나지 못했다. 괜히 골목 어귀에서 기웃대다가 다경의 집에서 나오는 엄마와 마주칠 뻔했다. 다행히 엄마는 나를 보지 못했다. 복수극을 꿈꾸면서 엄마를 보자마자 있는 힘껏 도망치는 내가 스스로도 어이 없었다. 마침 그때 지나가던 동네 개가 같이 뛰고 있었다.

"넌 뭐냐?"

내 질문에 동네 개는 혀를 길게 빼물고 헐떡거리기만 했다.

헨리 정에게 삼선 간자장을 사 주고 다경의 전화번호를 받은 지 일주일이 되던 날, 나는 용기를 내어 전화를 걸었다. 하느님이 천지를 창조하는 데 7일이 걸렸다니 나의 연애도 첫 발걸음을 떼는 데에 일주일의 시간이 필요했다고 스스로에게 변명했다. 시작하기도 전에 용기 없는 놈이 되고 싶지는 않았다.

"권…… 다경 전화 맞지요?"

"그런데요. 누구?"

"아…… 그러니까…… 학교랑 악기점에서……."

"아하, 혼자 뛰는 애."

이렇게 되면 너무 쉬웠다. 분명 악기점에서 만났을 때 '이도훔'이라고 이름을 말해 줬는데 다경의 뇌에는 '혼자 뛰는 애'로 저장되어 있다니.

"왜 전화했니?"

이런 경우라면 '어떻게 내 번호를 알고 전화했어?'라고 묻는 게 먼저일 듯싶은데 다경은 자기 번호를 알아낸 단계를 뛰어넘었다. 마치 내가 전화할 것을 예상이라도 한 것처럼.

"장난 아니었나 보네, 나한테 관심 있다는 말."

"딩동댕."

"네 심장, 아직도 불규칙하게 뛰니?"

수화기 너머로 들리는 다경의 목소리가 조금은 다정한 느낌이었다. 휴대폰을 든 채로 나는 왼손을 들어 가슴에 살포시 댔다. 봄밤이, 더워지고 있었다.

"나랑 사귀고 싶니?"

이 질문 이후, 다경에게서는 감감무소식이었다. 수화기에 대고 너무 노골적으로 '당연하지!'라고 대답했기 때문일까.

첫날은 다경의 집 앞 골목에서 다경이 나오길 기다리며 자정까지 버티다 순찰을 돌던 사설 경비업체 직원에게 괜한 의심의 눈초리만 잔뜩 받고 집으로 돌아갔다. 벌써부터 모기가 기승인지 팔꿈치며 귓바퀴같이 유난히 가려운 부위만 잔뜩 물렸다. 지하철을 타고 집으로 돌아오는 내내 팔꿈치를 벅벅 긁으며 화를 식혔다. 손톱에 침을 묻혀 모기 물린 부위에 열십자로 손톱자국을 살살 내다가 도둑 취급이나 받고, 다경을 보기는커녕 냄새도 못 맡고 온 내 신세가 한심했다.

"사귀고 싶냐고 물어봐 놓고 왜 반응이 없지? '당연하지'라고 대답까지 해 줬고만."

나는 유찬에게 괜히 짜증을 부렸다. 그러나 녀석은 유체 이탈 상태로 요 며칠 뭔가에 홀린 듯한 얼굴을 하고 다녔다.

지성이면 감천이라는 말은 하늘에서 뚝 떨어진 말이 아닐 것이라는 신념을 갖고 마지막 수업 시간에 꾀병을 부려 조퇴하기로 결심했다. 음악 시간이었다. 슈베르트 사건 이후, 음악은 나에게 관대한 편이었다. 그래도 선생이라는 직분에 대한 책임감 때문이었는지 음악은 아픈 시늉을 하며 음악실을 나가려는 내 팔을 붙잡았다.

"이도흠, 너 생긴 거는 파바로티처럼 오페라 아리아 전곡을 혼자 다 부르고도 멀쩡할 것 같아 보여. 알지?"

나는 한 손으로는 음악의 손을 잡고 다른 한 손으로는 배를 움켜쥐고 대답했다.

"하지만 선생님, 결국 더 오래 산 건 파바로티가 아니라 파바로티보다 덩치가 작은 도밍고예요."

루치아노 파바로티와 플라시도 도밍고를 섭렵한 고2 남학생에게 음악은 다시 한 번 감동한 눈치였다. 하지만 난 둘의 체격 차이만을 알 뿐, 이는 모두 오페라 감상이 취미였던 누나 덕분이었다. 영어 단어를 외울 때면 오페라를 듣던 누나였다. 나는 누나 책상 위에 넌셔져 있는 CD 케이스를 통해 고도 비만의 파바로티와 과체중의 도밍고를 기억했을 뿐이다.

권다경네 학교 앞에 도착하자, 기다렸다는 듯이 아이들이 몰려나왔다. 아이들을 학원으로 실어 나르려는 부모들과 기사들이 즐비했다. 다양한 종류의 수입차들이 늘어서 있는 모습이 마치 자동차 전시장을 방불케 했다.

삼삼오오 모여 있는 학부모들 사이에서 나는 족집게처럼 돼지엄마를 눈으로 찾아냈다. 돼지엄마는 차림새가 화려하지 않아도 무리에서 반드시 눈에 띄었다. 그녀들은 명품으로도 채울 수 없는 확고한 자신감을 몸에 휘감고 있었다. 무리의 여자들 속에서 턱 끝이 15도 정도 더 올라가 있는 여자를 돼지엄마라고 찍으면 백발백중이다. 돼지엄마에도 두 부류가 있다. 경제적인 능력까지 갖춘 경우와 그렇지 못한 경우. 우리 집의 경우는 후자 쪽이었다. 그래도 엄마는 늘 턱 끝을 땅으로 떨어뜨리는 법이 없었다. 누나가 엄마에게는 권력이었다. 누나네 반에는 이름만 대면 알 만한 모 기업체의 손자도 있었다. 그 애의 엄마도 엄마의 눈 밖에 나지 않으려고 늘 엄마 앞에서 '규희 엄마, 차 한 잔 사고 싶은데 시간 괜찮아요?'라며 묻고는 했다. 엄마에게 뭔가 말을 건넬 때면 두 손을 마주 잡는 버릇 때문에 누나와 나는 그 아줌마를 '두 손 아줌마'라고 불렀다.

최고급 세단 끝에 작은 국산 경차가 한 대 멈췄다. 새빨간 경차의 등장에 교문에 가 있던 내 시선이 옮겨 갔다. 엄마였다. 필시 다경의 스케줄을 관리하려고 직접 데리러 온 것이다.

엄마는 누나를 강남의 학교로 진학시키면서 적금을 깨서 경차를 구입했다. 세월이 흘러 업계 최고의 입시 대리모가 되었어도 빨간 국산 경차는 엄마 자존심의 상징이었다. 벤츠와 포르쉐에서 내린 여자들이 엄마에게 달려가 과장된 포즈로 인사를 건넸다.

"야, 이쪽으로!"

그 사이 다경이 내 팔을 잡고 냅다 뛰더니, 건물과 건물 사이 골목으로 숨었다. 우연을 가장하며 부딪치려 했는데 타이밍을 완전히 놓쳤다.

"엄마 2호야. 걸리면 죽어."

엄마는 교문을 주시하고 있었다. 돼지엄마나 아줌마라는 호칭 대신 다경은 우리 엄마를 '엄마 2호'라고 불렀다. 다경이 나를 보더니 대놓고 킥킥댔다. 하필이면 개똥을 밟았다. 왼발이 똥 범벅이었다. 이런 만남은 운명적이지도 감동적이지도 않다.

"야, 그만 좀 웃을래? 즐겁냐?"

꼬시려는 여자 앞에서 매너남인 것을 만천하에 드러내도 될까 말까인데 나도 모르게 짜증까지 내다니! 잘한다, 이도흠. 이런 망신이나 당하려고 조퇴증을 끊어 가며 권다경네 학교 앞까지 온 것이 아니었다.

"왜 온 거야?"

"넌 사귀고 싶냐고 물었고 난 당연하지라고 대답했어. 그랬으면 다음이 있어야 하잖아. 그런데 넌 내 문자, 전화 다 씹었어."

다경이 픽 웃었다. 부아가 나려는 마음을 꾹 누르며 운동화에 묻은 개똥을 떨어내려고 버려진 상자에 발을 문질렀다.

"왜 하필 나야? 우린 알던 사이도 아니고……."

다경이 다시 물었다. 나는 이런저런 작전을 쓸 수 없다면 차라리 솔직해지자고 결심했다. 어차피 작전이라고 내세울 것도 없었으니까.

"모르는 사이니까 연애하는 거야. 즐거워지려고."

신발에서 개똥을 거의 떨어냈지만 냄새는 어쩔 수가 없었다. 나는 아는 사이랑만 연애하라고 법에라도 나와 있냐고 투덜거렸다.

"넌 왜 즐거워지려고 하는데?"

얘는 왜 이렇게 궁금한 것이 많을까.

"즐겁지 않으면 그건 인생이 아니니까."

"아하."

다경이 고개를 끄덕였다. '누가 그래?'라고 물어볼 줄 알았는데 쉽게 수긍하는 표정이었다.

"그래서 이도흠, 넌 어떻게 즐거워지려고 하는데?"

크게 심호흡하고 싶었지만 참았다. 남자는 무엇을 하든 대범해 보여야 한다고, 간이 작은 남자와 연애하고 싶은 여자는 없을 것이라고 유찬이 그랬다.

"너랑 연애해 볼까 해."

그로부터 정확히 이틀 뒤, 나는 다경에게 한 통의 등기를 받았다. 익일 특급이었다. 분실되거나 다른 이가 먼저 보게 되는 일 없이 반드시 내 손에 쥐여 주고자 하는 다경의 의지가 엿보였다.

"이도흠 앞."

얼마나 많은 사연을 담았기에 서류 봉투를 보내 왔는지 당황스러웠다. 인터폰으로 배달원이 "택배요" 했을 때만 해도 그저 평범한 편지 봉투 하나가 전달될 것이라고 생각했다. 서류 봉투를 받아 들고 텅 빈 집으로 들어왔다. 아무도 없는 집 안인데도 나도 모르게 주위를 의식했다. 서류 봉투를 움켜쥐고 화장실로 들어갔다. 문까지 걸어 잠그고 변기 위에 주저앉았다. 변기 바로 옆 철제 책꽂이에 엄마가 늘 보는 입시 관련 서적이 있었다.

손으로 봉투를 그냥 뜯으려다가 선반 위에 있는 작은 가위에 손을 뻗었다. 엄마가 눈썹을 정리하는 도구였다. 엄마가 알면 난리날 테지만 다경이 처음 보낸 우편물을 아무렇게나 찢고 싶지 않았다. 작은 가위는 의외로 날이 잘 서 있었다.

'연애 계약서?'

다경이 나에게 보낸 것은 다름 아닌 연애 계약서였다. 반전이었다. 자신과 연애해 볼까 한다는 나의 말을 듣고도 눈 하나 깜짝하지 않던 애였다. 그 어떤 반응도 보이지 않고 싫다, 좋다 일언반구도 없이 등을 돌리고 제 길을 가 버린 애였다. 당연히 나는 다경과의 연애 가능성은 제로라고 생각했다. 포기할 수는 없었기에 새로운 작전을 짜야겠다고 고심하던 중이었다. 간밤에는 창가에 보름달이 뜬 것을 보고 스스럼없이 하늘을 올려다보며 달에게 소원까지 빌었다.

'반드시 권다경이라야 합니다. 그 여자애와 연애를 해서 엄마에게 크게 한 방 먹일 수 있기를⋯⋯.'

무신론자인 내가 이토록 간절하게 무언가를 빌어 보기도 난생 처음이었다.

깨끗하게 작성된 연애 계약서를 보면서 나는 처음으로 내가 시작하게 될 사랑놀이에 긴장했다. 다경이 손으로 직접 쓴 글씨였다면 나는 이 사랑놀이를 진짜 연애로 착각할 수도 있었겠다. 함초롬바탕체, 12 포인트, 줄간격 160퍼센트로 적어 내린 우리 두 사람의 연애 계약 내용은 다음과 같았다.

1. 100일 간의 연애 예비 기간을 갖는다.
2. 서로의 사생활을 철저히 지켜 준다.
   (지나친 질문은 하지 않기)
3. 스킨십을 서로 상의 하에 진행하기로 한다.

세 번째 항목을 보고 기가 막혔다. 아무리 가짜 연애라도 이번 연애의 핵심은 스킨십이었다. 열여덟 나이의 그 어떤 남자애가 여자 친구를 사귀는데 그저 바라만 보고 있을 텐가! 나는 영혼으로 사랑을 말하는 사람들을 믿지 않는다. 그들은 위선자였다. 눈이 가면 마음도 가고, 마음이 커지면 그 마음을 전하기 위해서라도 자신의 온기를 나눠 주고 싶지 않을까. 뻔한 속셈이라고 손가락질한다 해도 내 의견은 이렇다. 그러나 마지막 문장을 보는 순간, 나는 탈수 증상에 빠진 듯한 착각이 일었다.

"위의 모든 사항에 성실할 것…… 무엇보다 이 계약 연애에도 단 1퍼센트의 거짓도 없을 것."

단 1퍼센트의 거짓도 없을 것!

다경이 보낸 서류에는 분명히 적혀 있었다. 우리가 하는 연애에 단 1퍼센트의 거짓도 없어야 한다고. 그것을 수락할 경우에만 우리 두 사람의 계약 연애 예비 기간이 본격적으로 시작된다고 말이다.

"아무래도 상관없어."

1퍼센트건, 99퍼센트건 나에게는 상관없었다. 나는 황급히 화장실에서 나왔다. 볼펜을 찾아 연애 계약서에 서둘러 사인을 마쳤다.

다경에게 전화를 걸었다. 익일 특급으로 내 마음을 전하기에는 너무 다급했다. 컬러링 대신 무심한 신호음이 들려왔다. 다경이 전화를 받았다. 왜 전화했냐고 묻기도 전에 내가 먼저 입을 열었다.

"나야, 네 남친."

유치하게, 때론 과감하게

엄마는 자신의 노트북과 짐을 챙기면서 아버지에게 엄마가 없는 동안 반상회에 꼭 참석하라고 했다.

"반상회?"

아버지는 또박또박 힘주어 자신의 의사를 엄마에게 표현했다. 반상회에 내가 가야겠느냐, 어림도 없다는 뜻이었다. 엄마는 알고도 모르는 척한 것인지, 진짜 몰라서 그런 것인지 막무가내였다. 그런데 아버지가 기필코 반상회에 참석해야 하는 이유란 사람을 환장하게 만들 만한 것이었다.

"반상회 불참하면 벌금이 3천 원이라구요. 집에 사람이 있는데 아깝게 생돈을 왜 써?"

아버지에게 쓰레기 분리수거와 반상회 참석 사이에는 분명 미묘한 경계가 존재하는 듯했다. 나에게 연애와 사랑 사이에 분명한 경계가 존재하듯이 말이다. 엄마는 트렁크에 자물쇠를 채웠다. 모든 준비가 끝난 것이다. 핸드백을 들고 일어서려는데 아버지가 엄마의 트렁크를 붙잡았다.

"내가 반상회에 꼭 나가야겠어?"

순간, 엄마가 아버지를 낯선 사람 대하듯 싸늘한 시선으로 바라보았다. 한동안 두 사람의 침묵이 거실을 맴돌았다. 정적을 깨고 엄마가 아버지에게 던진 말은 잔인했다.

"그게 싫으면 일을 했어야지!"

엄마의 트렁크를 잡은 아버지의 손에 힘이 들어갔다. 손등 위로 새파란 핏줄이 솟아났다. 끝을 알 수 없는 길처럼 구불거리는 핏줄이 아버지의 손등에서 팔뚝으로 이어져 갔다.

"그깟 3천 원이 아까워서 내가, 가장 체면을 구겨야겠냐고."

단단하고 견고해 보이는 아버지의 푸른 핏줄과 달리, 아버지의 목소리는 기세를 잃어 가고 있었다. 엄마가 좀 더 섬세한 여자였다면 아버지의 심정을 이해할 수 있었을까. 예전에는 어땠는지 몰라도 지금의 엄마는 섬세함과 거리가 먼 사람이었다.

엊그제 미국에서 걸려 온 누나의 전화를 받고 엄마의 전투력은 한껏 상승되었다. 우리 집 독종이 미국 동부 최고의 로스쿨을 수석으로 합격했다는 소식을 알려 온 것이다. 엄마가 더욱 무섭게 돈을 벌어야 할 이유가 생긴 셈이었다.

"3천 원 엄청 아까워. 당신 체면보다 난 3천 원이 더 중요해! 그 돈

모아서 유학 가 있는 잘난 내 딸한테 보낼 거니까!"

"이 사람이 보자 하니까!"

아버지는 트렁크를 현관 저편으로 힘껏 밀어 버렸다. 최신형 트렁크답게 바퀴 성능이 상당했다. 360도 자유자재로 거침없이 돌던 트렁크 바퀴가 요란한 소리를 내며 현관 문턱을 넘고 뒤집어졌다. 엄마와 아버지는 서로를 잡아먹을 듯 노려보았다. 뒤집어진 트렁크에는 흠집 하나 나지 않았다. 고가의 제품이었다. 1년 내내 세일이 들어가지 않는 노 세일 브랜드 제품이었다.

"내가 돈 벌어서 억울해? 그럼 당신이 나가서 돈 벌어 와. 반상회 같은 건 내가 나갈 테니까!"

나는 가장의 무게라는 것에 대해 알지 못한다. 그리고 별로 생각하고 싶지도 않다. 하지만 아버지가 처한 상황이 얼마나 난처하고 비참한 것인지는 대강 짐작이 갔다. 엄마는 아버지를 심하게 몰아붙였다. 명예퇴직한 것이 아버지의 잘못이라고만 단정 지을 수 있을까.

아버지의 명예퇴직과 함께 집에 불어닥친 또 다른 불행은 보증 문제였다. 다른 사람도 아니고 큰아버지가 아버지의 돈을 떼어먹은 사건이었다. 종종 드라마에서 보던 흔한 이유였다. 그것이 우리 집안의 현실이 되리라고 예상하지 못했을 뿐. 엄마가 퍼붓던 악다구니가 떠올랐다.

'피가 섞였다고 다 가족이야? 우리 집 사정 뻔히 알면서 동생 돈 떼어먹는 그깟 형, 가족도 아냐!'

큰아버지는 집안의 평균치를 깎아 먹는 존재였다. 엄마는 아버지에게 시집오는 순간부터 큰아버지를 알아봤다고 했다. 결혼식날, 두 사람의 축의금 일부를 빼돌려 달아난 것은 물론이고 한창 신혼인 두 사람의 집에서 눈치 없이 석 달씩 기거하기도 했다고 했다. 하지만 완전히 엄마의 눈 밖에 난 사건의 시작은 돈 문제였다. 명문대 출신에 대기업을 다니는 아버지는 한마디로 큰 아버지의 봉이었다. 아버지는 엄마 몰래 돈을 건넸지만 언제나 완전 범죄는 불가능했다. 그런 날이면 큰 싸움이 벌어지고는 했다. 엄마는 도움도 되지 않는 형이 무슨 가족이냐고 늘 같은 말로 화를 내고, 아버지는 피는 물보다 진하다는 진부한 말로 엄마를 설득하려 들었다. 엄마에게 큰아버지는 지옥이나 다름없었다.

누나의 유학 자금 일부가 큰아버지의 주머니에 들어갔다는 사실을 알게 된 날, 우리 집은 한바탕 난리가 났었다. 아버지와 엄마 사이에 닥친 첫 번째 이혼 위기였다. 누나가 중2 시절, 조기 유학을 준비하고 있던 때였다. 누나의 조기 유학은 불발로 끝났지만 어찌된 영문인지 엄마와 아버지는 이혼하지 않았다. 엄마는 우리에게 선언하듯 말했다.

'내 사전에 이혼은 없다. 나에게는 수재인 자식들이 둘이나 있어.'

그 당시 엄마는 나의 가능성을 배제하지 않았다. 누나의 경험에 비추어 나란 인간의 능력을 동반 상승시킨 까닭이었다.

엄마는 반상회 안내문을 아버지 앞에 내던지고 집을 나갔다. 아버지는 발치에 떨어진 반상회 안내문을 있는 힘껏 노려보더니 안방으로 들어갔다. 반상회 불참비를 모아서 연말에 불우 이웃 기금으로 낸다는 취지는 좋았으나, 정작 불참비 덕분에 지금 우리 집이 불우한 가정으로 전락할 판국이었다.

나는 바닥에 떨어진 반상회 안내문을 집어 들었다.

7월 반상회 안내문

일시: 7월 25일 금요일, 저녁 7시

안건: 주차장 재정비 사업, 단지 조경 사업 찬반 투표 건,

  기타 민원 사항

※ 불참 시, 벌금 3,000원 부가

"아이, 진짜. 왜 하필 오늘이냐고!"

연애 시작부터 갈등의 연속이다. 다경과 만나기로 약속한 첫날이었다. 우리 둘의 공식적인 첫 데이트였다.

내 방으로 들어가 옷장 안을 뒤적이며 마음을 다독였다.

'내가 반상회 따위에 신경 쓸 필요 전혀 없어. 어차피 엄마를 한 방 먹이려고 연애까지 하는 마당에 벌금이고 뭐고 무슨 상관이냐고!'

반면 머릿속에서 또 다른 생각이 발목을 잡으려고 했다.

'그러면 아버지는? 3천 원을 내게 되면 엄마는 또 이 일로 아버지를 못살게 들볶을 텐데.'

옷장 안은 온통 트레이닝복 천국이었다. 누가 보면 이 집에 국가 대

표 상비군이 산다고 착각할 정도였다. 언젠가 엄마는 나를 칭찬한 적이 있었다. 사춘기에 접어든 아들의 성교육을 두고 고민하는 엄마들 사이에서 엄마는 다른 아줌마들에게 나의 건전한 신체와 정신을 높이 평가했다.

"야동이라뇨? 우리 도흠이는 그런 쪽에 에너지를 쏟는 대신 건전하게 운동으로 풀어요. 그럼요, 10대 남자애들은 그저 딴 생각 못하게 운동을 호되게 시켜야 해요. 너무 그쪽만 밝히면 말초 신경 순환 장애 때문에 학습에 문제가 있기 마련이죠."

그냥 축구와 야구를 즐기는 내 성향과 말초 신경 순환 장애에 어떤 상관관계가 성립하는지 알 길은 없었지만 엄마한테 칭찬을 받았다는 사실에 꽤나 감격했던 기억이 있다.

첫 데이트에 트레이닝복을 입고 갈 수는 없는 노릇이었다. 아버지도 회사를 그만둔 후에 늘 같은 복장이었다. 파자마 바람, 창의력 없고 힘 빠지는 패션은 '다음'을 도모할 수 없게 만들지도 모른다. 침대에 벌렁 누웠다. 닫힌 방문에 걸린 달력이 그려진 다트 판 과녁을 향해 다트 촉을 날렸다. 흔들림 없이 날아간 다트 촉은 어처구니없게도 바닥에 고꾸라졌다.

1203호로 10여 명의 아주머니들이 모였다. 반상회, 말 그대로 회의를 위해 모인 자리인데 눈앞에 차려진 상 위에는 맥주와 치킨, 구운 오징어와 견과류가 종류별로 놓여 있었다. 아주머니들만 득시글하는 자리에 엉덩이를 붙이고 앉아 있자니 고역이 따로 없었다. 나를 위해 뒤늦게 야쿠르트 한 병이 상 위에 놓였다.

"넌, 몇 호?"

"1804호요. 엄마 대신에 왔습니다."

"아이쿠야. 요즘 세상에 이런 효자도 있네."

내 표정이 어땠을지는 오직 신만이 알 일이다. 나에게 몇 호냐고 물으며 효자라고 추켜세운 사람은 우리 동 반장이었다. 50대 초반으로, 삭발에 가까운 짧은 머리가 인상적인 아줌마였다. 회의 안건이 적힌 A4용지를 나눠 줬지만 반상회는 시작될 낌새가 보이지 않았다. 모두들 맥주잔을 기울이며 안부를 묻고 안주를 씹었다. 사람들의 대화에서 주목을 가장 많이 받은 사람은 나였다. 이 단지로 이사한 지 1년이 넘었음에도 불구하고 이웃과 말을 트고 지내지 않은 탓일 것이다.

"고2라고? 공부 안하고 여기에 와서 시간 낭비해도 돼?"

'그러게 말입니다'라고 대답하고 싶은 마음이 굴뚝 같았지만 수줍게 웃어 보였다.

"도흠이라고 했지? 엄마가 무슨 일 하시니?"

반장 옆에 앉아 쉬지 않고 치킨을 뜯던 아줌마가 노골적으로 호기심을 드러냈다. 입속으로 들어갔던 닭 날개가 뼈만 남아 입 밖으로 나왔다. 하마터면 아무 생각 없이 입시 대리모라고 실언할 뻔했다.

"아, 그러니까…… 교육 쪽 일을 하세요."

"교육 쪽?"

반상회에 모인 아줌마들의 시선이 일제히 나에게로 향했다.

"학교 선생님?"

반장 아줌마가 물었다. 나는 고개를 가로저었다. 다들 뭔가 더 상세한 설명을 요구하는 눈치였다.

"진학과 입시에 관련된……."

"아! 학원 경영하시는구나. 어쩐지, 그래서 이사 오고 한 번도 반상회에 참석을 못 하셨구나. 엄청 바쁘신가 봐. 학원 위치가 어딘데?"

말 한 마디에 엄마는 입시 대리모에서 학원 경영자로 둔갑했다.

"대치동이요."

점점 상황은 내가 바라지 않는 쪽으로 흘러갔다. 아주머니들은 반상회 안건을 고민하기보다 우리 엄마의 신변을 알고 싶어 했다. 중학생, 고등학생 자녀를 둔 집들이 많아서 그런지 엄마는 이야기의 화두가 되었다.

"형제는 있니?"

쌍둥이 엄마라는 사람이 물었다. 나도 모르게 호두를 입에 넣어 버렸다. 뱉으려다가 여러 명의 눈동자가 나에게 향해 있어서 꿀꺽 삼켰다.

"누나요."

"못 본 것 같은데."

반장이 말했다. 호두는 비릿했다. 보관을 잘못했는지 눅눅하기까지 했다.

"미국에 있어요."

내게 꼬치꼬치 캐물은 끝에 누나가 이름만 대면 아는 명문대에서 공부하고 있다는 사실에 충격을 받았는지, 그들은 입을 모아 엄마가 그간 반상회에 불참한 비용을 탕감해 주자고 떠들어 댔다. 이유인즉, 자식을 훌륭하게 키운 어머니를 대접해 주자는 것이었다. 별 희한한 이유가 세상에 다 있다고 생각했다.

"그럼 도흠이도 공부 잘하겠네?"

누군가의 추측이 나를 움츠리게 만들었다. 고치 속의 애벌레처럼 숨고만 싶었다. 텔레비전 장식장 위의 벽시계를 보니, 다경과의 약속 시간이 앞으로 30분도 남지 않았다. 지하철로 움직인다고 해도 30분은 늦게 생겼다. 게다가 지금 차림새는 반바지에 유벤투스 축구 유니폼이었다.

아줌마들이 반상회 안건을 적은 A4용지를 집어 들었다. 더 이상 머뭇거릴 시간이 없었다.

"저, 죄송하지만 이만 가 봐도 될까요? 아무래도 고2니까."

앞뒤 논리도 없고 기승전결도 없는 멘트였다. 그럼에도 불구하고 '고2'란 말은 곧 '고3'이 될 거란 진실을 내포하고 있었고 대한민국에서 그 힘은 강했다. 어서 가라고 등을 떠미는 아줌마들은 내가 연애 공부 하러 가는 줄은 꿈에도 모를 것이다.

나는 자리에서 벌떡 일어나, 아줌마들에게 정중히 인사를 하고 1203호를 나왔다. 문을 닫자 현관문에 매달아 놓은 풍경에서 가볍고 경쾌한 소리가 울렸다.

머피의 법칙. 일종의 경험 법칙으로 에드워드 공군 기지에 근무하던 에드워드 머피 대위가 1949년 처음으로 사용하면서 등장한 개념이다. 우연히도 모든 일이 내 생각과 반대로 벌어지는 현상이 바로 머피의 법칙이다.

내 생각대로라면 강남으로 향하는 지하철은 그 어느 때보다 신속하고 절대로 사고 같은 것이 나서는 안 되었다. 하지만 반상회부터 시작해서 머피의 법칙은 나에게 제대로 작동했다. 멀쩡하게 달리던 지하철이 서울로 진입하기 직전에 멈춰 섰다. 무려 20여 분이 흐른 뒤에 지하철은 다시 움직였다. 하지만 약속 시간을 벌써 1시간 5분이나 어기고 말았다. 강남역에 가까워질수록 마음의 갈등이 심해졌다.

'그냥 갈걸. 가 봤자 없을 거야.'

그러고 보니 다른 여자애들 같으면 안 온다고 전화를 수십 통은 했을 텐데 다경에게는 아무런 연락이 없었다. 그 사실이 나를 더 불안하게 만들었다. 피가 마른다는 표현이 어떤 것인지 오늘에야 비로소 체득하는 듯했다. 전화를 하려는데 아뿔싸, 주머니에 휴대폰이 없었다. 분명 집에서 들고 나왔는데…….

'앗! 반상회.'

그놈의 반상회가 말썽이었다. 자리를 박차고 나올 때 두고 온 것이 분명했다. 비밀번호라도 걸어 놨기에 망정이지 그 아줌마들은 휴대폰을 분해하고도 남을 사람들이었다. 하지만 다경이 전화라도 했다면 분명 그 무리들 중 누군가가 받았을 텐데……. 악몽 같은 상상이었다.

미적대며 약속 장소로 걸음을 옮겼다. 포기 상태였기 때문에 '다음'을 어떻게 도모해야 하나를 골똘히 생각하며 걸었다. 불금이라 그런지 거리에 사람들이 과포화 상태였다. 한 걸음 옮기기가 이렇게 힘들어서야…… 하는데 약속 장소인 비누 숍 앞에서 제 발 아래를 뚫어져라 보고 있는 다경의 모습이 눈에 들어왔다. 사람들로 꽉 찬 거리에서 다경만 내 눈에 스며들었다. 향기로운 비누 향처럼 다경이 덜컥 내 안으로 스며 거품처럼 스르륵 녹아내린 것 같았다. 분명 가고 없을 것이라고 장담했는데! 기왕 이렇게 된 것, 꽉 잡아서 화도 못 내게 만들자.

나는 슬며시 다가가 다경을 안았다. 백 허그를 선택한 것은 여자애들이 좋아한다는 유찬의 조언 때문만은 아니었다. 한 시간 넘게 번잡한 길거리에 여자애를 세워 두고 그 애의 두 눈을 똑바로 바라볼 마음의 준비가 되지 않았기 때문이었다.

"미안, 권다경."

가짜 연애를 하더라도 미안한 것은 미안한 거다. 나의 미안함이 전달되길 바라며 나는 좀 더 힘주어 다경을 안았다. 평소라면 상상도 못할 행동이었다. 품 안에 있는 다경은 마르고 연약했다. 심장이 입 밖으로 튀어나올 것만 같았다. 당장에라도 쓰러질 것처럼 손발이 떨렸다. 이래 갖고는 초짜라는 사실을 숨기지 못하겠지. 내 손을 풀더니, 다경이 내 얼굴을 빤히 바라보았다. 나는 얼른 시선을 돌리고 싶었지만 차마 그러지 못했다. 다경이 두 손으로 내 뺨을 철썩, 소리내어 움켜쥐었기 때문이다. 지나가던 사람들 몇몇이 그런 우리를 보고 걸음을 멈추기도 했지만, 다경은 아랑곳하지 않았다. 여자애에게 두 뺨을 잡힌 나를 보고 사람들은 킥킥 웃으며 제 갈 길을 갔다.

"너, 다음부턴 이러면 혼날 줄 알아."

다경의 눈가에 눈물 자국이 있는 것처럼 보였다. 혹시 내 시력에 문제가 생긴 걸까. 역시 내 예측 범위 안에서 움직이지 않는 애였다.

"전화했지?"

"아니, 올 건데 뭣하러?"

애는 진짜 반전의 여인이 되려나 보다. 약속 시간에 상대가 나타나지 않으면 남녀를 불문하고 전화는 기본이었다. 해 놓고 괜히 지기 싫어서 안 했다고 발뺌하는 거겠지. 나는 시치미를 떼고 진지한 얼굴로 물었다.

"왜 안 했어?"

"사정이 있겠구나 했지라고 하면 내가 너무 멋있어 보이겠지?"

다경이 키득거렸다. 나도 따라서 키득거렸다. 주머니를 털어 휴대폰을 가져오지 않았다는 것을 다경한테 알렸다.

"이도흠, 나중에 집에 가서 확인해 봐. 내가 전화했나 안 했나."

비누 샵에서 흘러나오는 진한 비누 향처럼 우리의 웃음소리에는 향기가 묻어 있었다.

"도흠이 너한테 전화했다가 혹시 안 좋은 소식 들을까 봐."

"안 좋은 소식?"

오늘따라 나는 바보처럼 다경한테 묻기만 했다.

"응. 괜히 전화했는데 네가 사고가 났다거나, 마음이 변해서 안 오겠다고 하면 어떡해. 예전에 그런 적이 있었거든. 실컷 기대하게 해 놓고 못 온다는 전화를 받은 적이 있어."

다경의 말이 머릿속에 또렷이 박혔다. 마음이 변해서 안 오겠다고 하면 어떡하냐는 말. 뭔가 비범해 보였던 애한테서 평범한 또래 여자애의 모습을 발견한 것 같아 괜스레 가슴이 나풀거렸다.

첫 데이트에서 승자는 나였다. 그런데 뭐라 설명할 수 없이 찝찝한 이 기분은 뭐지? 시원하게 장외 홈런을 치고 승점을 챙긴 게 아니라, 배트에 빗맞은 공이 어쩌다 떼구르르 굴러 상대 수비의 실수로 하나 얻어걸린 느낌.

마음속으로 스며든 향기가 점점 더 짙어지는 기분이었다. 나는 그 묘한 향기를 물리쳐야만 했다. 이 연애는 가짜니까.

우리는 첫 끼니로 중국 음식을 먹기로 했다. 만리장성과 이화원 중에서 고민했다. 다경은 만리장성이라고 적힌 간판 앞에서 너무 뻔하다며 창의력이 없는 이름이라고 중얼거렸다. 이화원은 거창하게 느껴져서 별로라고 했다. 이화원에 가서 먹으면 체할 것 같다나 뭐라나. 그러면서 나에게 이화원이 서태후의 여름 별장이었던 것을 아느냐고 물었다. 중국에 가 보지도 못한 나에게 별 쓸데없는 질문을 한다고 생각했다. 그렇다고 무식한 것을 자랑할 필요는 없겠다 싶어서 관심 없는 척했다.

"이훠위엔."

침착하려고 했는데 아무래도 실패한 것 같았다. 나도 모르게 눈이 휘둥그레졌으니까. 다경의 중국어 발음은 본토 발음에 가까웠다. 내가 물끄러미 쳐다보자, 이화원에 대해 줄줄 읊었다. 1998년 유네스코 세계 문화 유산이 되었다는 것, 중국에서 최대 규모를 지니고 있으면서도 완전한 형태를 유지하고 있는 황족 정원이라는 것. 그 무엇 하나 알고 싶지 않은 정보였다. 음식점 앞에서 메뉴는 살피지 않고 뭐 하는 짓인가.

'권다경. 내가 원하는 정보는 너의 이상형, 너를 유혹하는 방법, 나랑 스킨십은 언제쯤부터 가능한지…… 뭐, 그런 거야.'

"이도흠, 너 이화원이 영어로 뭔지 알아?"

갑자기 날아든 기습 질문 탓에 혀를 깨물고 말았다. 입안에서 비릿한 피 냄새가 맴돌았다.

'아! 신이시여. 여기서 이미지 깨고 끝이란 말입니까!'

중국의 정원이라면서 왜 영어 이름까지 붙이고 야단들인지.

나는 이화원의 영어 이름이 뭔지 몰랐지만 그렇다고 모른다는 것에 주눅 들기는 싫었다. 대신에 다경의 손을 당당하게 잡고 그 애의 눈을 똑바로 보고 또박또박 내 의사를 전달했다.

"우리의 첫 식사는 만리장성에서도, 이화원에서도 안 할 거야. 밥 먹을 때 이렇게 잡생각을 하게 만드는 음식점은 안 좋아. 왜냐하면 계속 딴 생각만 하다가 우리가 처음으로 함께 먹은 음식이 뭔지 기억

하지 못할 테니까."

숨도 쉬지 않고 할 말을 쫙 늘어놓자, 다경이 의외라는 듯 나를 바라보았다. 나에게 잡힌 손을 뺄 생각도 못하는 눈치였다. 나는 더욱 세게 다경의 손을 잡았다. 보드랍고 작은 손은 부스러지기 쉬운 설탕 과자를 생각나게 했다.

"그래도 난 자장면 먹고 싶은데……. 어때?"

팔색조 같은 애였다. 도도하고 까칠할 것 같은 인상이면서도 다정하게 말하는 다경. 내가 느낀 다경이라면 나를 윽박지르고 자신이 정한 메뉴를 강행할 것 같은데 지금의 모습은 또 다른 반전이었다. 유찬이 주장한 양파 극찬론이 이해 가는 순간이었다. 여자는 까면 깔수록 새로운 면을 보이는 양파와 같다! 여자애들이 들었다가는 헛소리 말라며 아우성을 쳤을 테지만 이 상황 앞에서 나 역시 양파 극찬론자가 될 수밖에 없었다. 계속 같은 모습만 보이는 다경보다는 새로운 모습을 보여 주는 다경이 더 매력적이고 흥미로울 것 같으니까.

"오케이, 자장면 먹자. 내가 좋아하는 네가 먹고 싶어하는 거니까."

우리 반 애들 누구라도 이 대사를 들었다면 적어도 나는 한 학기 내내 놀림감이 되었을 거였다. 유찬과 붙어다녔더니 내 피에도 능구렁이가 기어 다니나 보다.

결국 만리장성도, 이화원도 아닌 근처 마트의 푸드 코트에서 자장면을 주문했다. 우리가 시킨 음식의 이름은 254번이었다. 254번 자장면 보통 둘. 평범하기 짝이 없는 음식이었다. 하지만 자장면은 꿀맛이었다. 다경이 젓가락을 집기도 전에 나는 다경 앞에 놓인 자장면을 내 앞으로 끌어당겨 비볐다. 그러고는 재빠르게 비빈 자장면을 다시 다경 앞에 놓아 주었다.

"너라서 비벼 주는 거야."

기왕 시작한 느끼한 멘트를 메들리로 들려주자 다짐했다. 말없이 자장면 그릇에 고개를 떨구고 자장면을 먹던 다경이 이를 앙다물고 낮은 음색으로 말했다.

"그만해라, 이도흠."

"왜에? 네가 좋아서 그러는데."

아무래도 다경에게 첫 데이트부터 점수를 왕창 따려나 싶었다. 단무지를 씹자 입안에서 와삭, 하는 경쾌한 소리가 났다. 식초의 상큼한 맛이 입안 가득 퍼졌다. 동시에 다경이 젓가락을 뭉쳐 있던 자장면의 정중앙에 꽂았다.

"기억 안 나?"

다경이 고개를 들어 나를 똑바로 쳐다보았다. 자장면을 먹는데도 입가에 춘장 하나 묻히지 않는 애라니! 왠지 무시무시했다.

"단 1퍼센트의 거짓도 없을 것!"

그렇다. 그것이 우리 연애 계약의 전제 조건이었다. 조금이라도 거짓이 있을 경우, 우리의 연애는 그 순간 좋난다!

상황은 역전되었다. 나는 잘 달리다가 막판에 운동화가 벗겨져 허둥대는 애처럼 자장면 그릇에 고개를 박았다. 그리고 면발을 입안 가득 밀어 넣으며 중얼거렸다.

"거짓말 아니야, 오늘 내가 너에게 한 말 그 어떤 것도."

우리는 묵묵히 제 그릇을 보며 자장면을 알뜰히 먹었다. 서먹서먹한 식사였다. 그 분위기에 질식될 것 같은 순간, 다경이 내 앞으로 단무지 접시를 밀어 주었다. 뭐냐는 시선으로 보자, 수줍게 웃으며 속삭였다.

"이도흠, 거짓말 아니라니까 주는 거야. 앞으로 거짓말 하면 단무지로 맞는다아."

다경의 손을 거쳐 내 앞으로 다가온 단무지는 세상의 그 어떤 보석보다도 빛나고 샛노랗게 보였다. 식초를 듬뿍 뿌려서 반짝이는 것이라고 누군가는 직언하겠지만 다경이 건넨 단무지는 식초가 아니라, 나를 향한 다경의 순수한 애정이 빚어낸 결과였다.

나는 다경을 보고 웃으며 입속에 단무지 하나를 넣었다. 그리고 신맛이 사라질 때까지 천천히 빨아 먹었다.

"이도흠, 그만 빨아 먹어. 단무지를 빨아 먹는 취향이 있는 줄 몰랐다. 변태 같아."

2분 간격으로 문자가 왔다. 다경은 문자를 확인하면서 조금 찜찜한 표정을 지었다. 엄마는 집요한 구석이 있었다. 하마터면 나는 다경에게 '엄마는 네가 들어올 때까지 문자를 계속 보낼 거야. 절대 포기하지 않아. 조만간 30초 간격으로 전화할지도 몰라'라고 말할 뻔했다.

"엄마도 아닌데 뭐 어때? 아이스크림 먹고 들어가. 응?"

"안 돼. 진짜 늦으면 안 된단 말이야."

우리 엄마의 호출을 받은 다경은 자장면을 다 먹지도 못하고 허둥지둥 자리에서 일어났다. 누구냐는 나의 질문에 다경은 약간 머뭇거리더니, '우리 사이에 어떤 거짓도 없을 것!'이란 나의 말에 마지못해 대답해 주었다.

"우리 집 가짜 엄마. 엄마 2호 호출이야."

"아, 그래."

알면서 모르는 척하기도 쉽지 않았다. 다경의 손을 잡고 마중을 해 준다며 버스 정류장으로 향하는데, 갑자기 그 애가 내 손을 꺾었다. 관절이 잘못되는 줄 알았다. 비명을 지르며 돌아보자, 다경이 미안한 표정을 지었다.

"미안, 나도 모르게 그만. 주짓수를 6년 정도 배웠어."

양파가 아니라, 블랙홀 같은 애가 아닐까. 다경은 버스 대신 모범택시를 불렀다. 나는 보란 듯이 다경이 탄 모범택시의 번호판을 휴대폰으로 찍었다. 이 부분에서 다경은 살짝 감동하는 듯했다.

> 조심히 가. 가짜 엄마한테 안부 전해 줘.

밤거리의 불빛을 헤치며 거리를 걸었다. 다음 데이트 날짜를 정하지도 못하고 보냈다. 나는 '언제 만날까?'라고 문자를 썼다가 지웠다.

안달 난 남자는 매력 없겠지?

　연애 초기는 밀당의 역사라 해도 과언이 아니다. 안타깝게도 나는 밀당의 달인이 아니었다. 그렇다고 밀당의 역사에서 홀로 역모를 꾸미기엔 과거 전력이 너무 없었다. 답답한 나의 처지에 갈증이 밀려왔다. 근처 편의점으로 들어가 냉장고 앞에 섰다. 무심코 집어든 것이 하필이면 반상회에서 봤던 야쿠르트였다.

플러스알파

귀갓길에 엘리베이터에서 아버지를 만났다. 밤늦도록 어딜 다녀오는지 궁금했지만 묻지 않았다. 엘리베이터 안 거울에 반상회를 알리는 안내문이 붙어 있었다. 나는 아버지 눈치를 슬쩍 보며 반상회 안내문을 뗐다. A4용지가 바닥에 스르륵 떨어졌다. 아버지는 그 모습을 보고도 모른 척했다. 나는 손에 들고 있던 탄산음료를 아버지에게 건넸다.

"드실래요?"

아버지는 탄산음료를 흘낏 보더니 혼잣말처럼 중얼거렸다.

"많이 마시지 마라. 뼈 삭는다."

뼈 삭을 걱정을 하기에는 이른 나이, 열여덟이었다. 하지만 나는 고개를 끄덕이는 것으로 대답을 대신했다. 현관에 들어서자마자 아버지는 소파에 겉옷을 벗어 놓고 욕실로 직행했다. 나는 소파에 누워 휴대폰을 살폈다. 다경에게서는 문자 한 통 오지 않았다. 단무지를 내 앞에 밀어 줄 때는 나에게 문자 폭탄이라도 날릴 것 같은 기세였는데 이런 반응은 뭐지? 누군가 여자애의 마음속을 들여다 볼 수 있는 앱을 발명했으면 좋겠다고 거실 등을 올려다보며 생각했다.

우리 집 거실 등은 너무 어두웠다. 엄마는 공부방에는 LED 조명을 달아 놓고서는 거실은 예전의 오래된 등 그대로 방치해 두었다. 왜 바꾸지 않느냐는 내 말에 엄마는 '거실에서 공부할 일 없잖아'라고만 했다. 소파에서 일어나 텔레비전 리모컨을 찾는데 욕실 문이 열리고 아버지가 뭔가를 들고서 물었다.

"도흠아, 이 칫솔 누구 거냐?"

아주 낡은 칫솔이었다. 숯으로 만들어 새것일 때 검정색을 띠던 솔이 너무 낡아서 문드러지고 회색으로 변해 있었다.

"엄마 거요."

아버지는 칫솔을 쥐고 아무 말이 없었다. 유심히 칫솔을 바라보다가 휴지통에 던져 넣으며 이렇게 말할 뿐이었다.

"이렇게 낡아서 어디 운동화 빨 때도 쓸 수나 있겠냐."

그래 놓고 잠시 뒤, 아버지는 샤워를 마치고 나와 휴지통을 뒤졌다. 그리고 다시 꺼내 자신이 버린 엄마의 낡은 칫솔을 손에 들고, 엄지손가락으로 다 해진 솔을 가만히 쓸어 보는 것이었다. 나는 못 본 척하고 계속 텔레비전 리모컨을 찾는 시늉을 했다.

결국 텔레비전 리모컨은 찾지 못했다. 아무래도 엄마가 리모컨을 숨겨 놓고 집을 나선 것이 틀림없었다. 내가 다시 화장실에 들어갔을 때에는 엄마의 새 칫솔이 칫솔걸이에 꽂혀 있었다.

나는 책상 앞에 앉아 휴대폰을 한참 동안 노려봤다. 그러기라도 하면 다경에게 굿나잇 문자라도 올 것만 같았다. 내게 염력이라도 있는 것일까. 휴대폰 진동이 울렸다.

"도흠아, 나 지금 병원 응급실인데……."

늘 여유롭게 느물대던 유찬의 목소리가 떨리고 있었다. 기처드 기아저씨가 쓰러졌단다. 뒷말은 들을 것도 없었다. 나는 다 늦게 어디가느냐는 아버지의 말에 "급해요! 문자할게요"라고 외치며 슬리퍼를 신고 나섰다.

"나를 키운 8할은 러브호텔이야. 엄마 따위가 아니라고."

유찬이 담담한 목소리로 말했다. 응급실 복도에서 서성이던 녀석이 날 보더니 작게 한숨을 쉬었다. 아직 여름도 아닌데 반바지에, 슬리퍼 차림이었다. 우리는 똑같은 삼선슬리퍼를 신고 복도 의자에 나란히 앉았다.

요 며칠 녀석의 표정이 심상치 않다고 느끼기는 했지만 유월에게서 소식이 없는 탓이려니 짐작했다. 그러나 내 예상과 달리, 유찬의 친모가 나타난 것이다. 키워 준 것도 아니고 낳아 놓고 사라졌으니 녀석의 심정이 오죽할까. 특히나 일곱 살 때 딱 한 번 나타났던 친모는 유찬의 심장에 증오심을 심어 놓았다. 엄마가 없다고 생각하고 그러려니 했는데, 막상 일곱 살 때 나타나서 하는 말이 "여덟 살 아니었니? 난 학교 입학하는 건 봐야겠다 싶어서 온 건데"였단다. 제 자식이 나이 먹는 것도 모르는 것을 보니 셈에 약한 모양이라고, 자신의 수학 점수가 바닥을 치는 게 유전적인 요인이었다고 말한 이후로 친모에 대해 얘기하거나 감정을 드러내지 않았다.

"모르긴 몰라도 리처드 기가 그동안 돈을 보내 준 것 같아."

"돈이라고? 엄마 본 게 초딩 입학 전 딱 한 번뿐이었다며?"

"돈은 계속 보고 싶었나 보지."

유찬은 애꿎은 손톱을 물어뜯었다. 어떤 사랑에는 돈이 전부일 수도 있다고 녀석이 중얼거렸다. 하긴 어떤 사랑이 아니라 모든 사랑이 그랬다. 우리 집의 경우만 봐도 돈 때문에 부모님이 둘도 없는 원수가 되지 않았는가.

"허리 디스크 터져서 응급실 실려 오신 거 아녔어?"

"아냐, 심장이 문제래. 참다참다 열 받은 거지. 디스크가 아니라, 마음이 터졌나. 그리움이 터졌나."

아저씨는 심혈관 질환을 앓고 있었다. 가장 큰 문제는 허리 디스크라고 알았던 유찬에게, 심혈관 질환은 청천벽력과 같았다.

"안면 몰수하고 사라질 땐 언제고 이제 나타나서 돈 뜯겼으니 열 받았겠지. 우리 아버지가 부처님처럼 보여도 자존심 있는 남자인데 언제까지 참겠냐, 안 그래?"

담당 주치의는 평소 어지럼증을 많이 느꼈을 거라고 설명했다. 가만 보니 아저씨는 호텔로 들어서는 커플들을 보며 종종 '사랑, 걷잡을 수 없이 어지러운 일이지'라고 혼잣말하곤 했다.

링거를 맞고 잠든 리처드 기 아저씨의 모습을 바라보며 유찬이 나직이, 그러나 찬찬히 곱씹듯 얘기했다.

"사랑? 하! 정말 지긋지긋하다."

친구의 아버지라기보다 큰형같이 정다웠던 아저씨의 잠든 얼굴은 아이의 얼굴처럼 순하고 평화로웠다. 자연스레 침대 발치에 매달린 이름표에 시선이 갔다. 기봉구.

아저씨라고도 못 부르게 하더니만, 본명이 기봉구였구나. 의도치 않아도 웃음이 입에 걸릴 만큼 유쾌한 이름이었는데 기분이 자꾸만 가라앉았다. 언젠가 아저씨가 내게 했던 말 때문이었다.

'나는, 자식 버리고 간 유찬이 엄마…… 원망 안 한다. 돈이라도 들고 나가서 다행이라고 생각해. 돈 없어서 밥 굶거나 거리를 배회하지 않아도 되니 천만다행이지. 그 여자는…… 적어도 나한테 사랑하는 아들을 남겨 준 좋은 여자야.'

그때의 아저씨가 내게 남긴 눈빛을 잊지 못했다. 내 손을 잡았다면 오글거렸을 텐데 아저씨는 유찬이 똥 누러 화장실에 간 사이, 그 집안의 역사를 읊어 주며 내 접시에 만두 하나를 더 얹어 주었다. 정겹게 윙크까지 건네면서.

'도흠아, 유찬이가 너처럼 사랑 많이 받고 자란 아이랑 친구가 돼서 내가 참 기뻐. 저 녀석이 사랑에 대해 다 안다고 주접 떨어도 그거 다

뻥이다. 항상 허기질 거야, 사랑 앞에서는…….'

러브호텔에서 아르바이트를 하다가 유찬의 엄마를 만났고 러브호텔에서 유찬을 만들었고 러브호텔에서 장기 투숙하며 살다가 러브호텔에서 일하며 유찬과 자신을 버리고 도망간 여자를 사랑한다는 건 어떤 마음일까. 그리고 보면 자신을 키운 건 러브호텔이란 녀석의 말이 완전히 틀린 말은 아닌 셈이었다.

아저씨의 미약한 신음이 현실로 돌아오게 했다. 자정이 되어 가고 있었다. 유찬이 내 등을 밀었다.

"이도흠. 집에 가, 늦었는데."

"너, 혼자서 잘 수 있겠어?"

나는 녀석의 옆구리를 주먹으로 툭 쳤다.

"장난하냐?"

유찬이 내 정강이를 걷어찼다. 빗맞는 바람에 제법 매서운 발길질이 되었다. 그러나 호기롭게 아무렇지 않은 척 녀석에게 헤드록을 걸었다.

"그래서 울먹거리면서 나한테 전화했냐? 나, 무서우니까 병원 입구까지 데려다 줘."

나의 부탁을 유찬은 외면하지 않았다, 늘 그랬듯이. 자정이 넘은 로비는 한산했다. 유찬은 더도 덜도 없이 병원 입구 회전문 앞에서 걸음을 멈췄다. 구급차 한 대가 응급실로 들어서고 있었다. 시선이 저절로 구급차 쪽으로 향했다. 녀석이 두 손으로 내 뺨을 붙잡아 자신을 바라보게 했다.

"이도흠, 좋은 것만 봐, 연애하는 놈이."

유찬의 목소리에서 진심이란 것이 고개를 슬그머니 들었다. 사랑에 허기진 기유찬, 세상에 키스는 존재하되 사랑은 존재하지 않는다는 기유찬, 그런 녀석의 입에서 나온 말이 내 심장을 흔들었다. 분명내 뒷모습을 지켜보고 있을 것이라, 걸음이 휘청거릴까 봐 발바닥에힘을 바짝 주었다. 타박타박. 한 걸음씩 밤의 어둠을 향해 걸어 나갔다. 밤하늘에 별이 쏟아지고 있었다. 흔치 않은 밤 풍경이다. 잠든 리처드 기 아저씨의 혈관 속에도 별이 쏟아지기를.

소극장이 즐비한 대학로 골목을 걸었다. 그동안 죽었는지 살았는지 감감무소식이었던 유월한테서 연락이 왔다.

"이상하게 긴장이 돼서 말이야. 노래 부르다가 내 심장이 입 밖으로 튀어나오지 않으려면 응원객 한 명쯤은 달고 가고 싶어서."

늘 혼자서 오디션을 보러 다니던 유월이었다. 한 살 한 살 나이를먹으면서 잘하고 있다는 마음은 줄어들고, 기이할 만큼 겁이 많아지고 있다고 투덜댔다. 성장한다는 건, 어쩌면 세상에 맞서 싸우는 힘을 키우는 게 아니라 쫄보가 되는 것일지도. 나는 적어도 내가 아는사람들이 쫄보가 되길 바라지 않았다. 그래서 유월의 든든한 응원객이 되기로 했다. 한 명보다 두 명이 낫겠다 싶어서 유찬을 호출했다.

아저씨가 퇴원을 하고 내심 무신경한 척했지만 녀석은 학교에서도 틈나는 대로 아저씨한테 문자를 보냈다. 평소 살가운 성격도 아니면서 식사는 하셨냐, 뭐하고 있냐 등등의 사소한 질문을 던지니 리처드 기 아저씨도 점점 질색했다. 며칠 전, 호텔 ANG에 들렀더니 아저씨가 나를 구세주 보듯 했다.

"집요하고 귀찮게 구는 게 이제 무섭다. 학교에서 휴대폰 좀 못 쓰게 하면 좋겠구만."

그 말에 나는 빵 터져 버렸다. 리처드 기 아저씨의 말에 따르면 이 상태로 가다간 똥 쌀 때 화장실도 따라 들어올 기세라고 했다.

"기유찬, 안 하던 짓 하면…… 일찍 죽는다."

아저씨의 협박 앞에서도 유찬은 눈 하나 깜짝하지 않았다.

"작년 축제 때 타로 봤는데 아빠 아들, 생각보다 오래 살 거라고 하던데요."

아저씨는 진심을 담아 유찬에게 속내를 털어놨다.

"네가 아니라 내가 죽을 것 같아서 그래. 숨통이 마구 조여."

유찬은 휴대폰 알람을 확인하더니 카운터 서랍에서 영양제를 꺼내 아저씨에게 내밀었다.

"러브호텔에서 여자도 만나고 사랑도 하고 애도 낳고 그 애도 키우고 일도 하면서 살다가…… 러브호텔에서 죽게 내버려 둘 순 없으니까 약 먹어요."

녀석은 의외로 효자였다. 유찬의 기세에 눌려 아저씨가 군말 없이 약을 받아 삼켰다. 아저씨는 병실에서 유찬이 사랑을 잘 모른다고,

사랑을 많이 받지 못해 부족함을 느낄 거라고 했지만 내 눈에 유찬은 누구보다 사랑을 아는 존재였다. 상처받지 않으려고 외면할 뿐, 사랑이 무엇이고 어떻게 나눠야 하는지 잘 아는 친구였다.

골목 모퉁이 편의점 앞에서 유찬이 날 발견하고 손을 흔들었다.

"거 봐, 효자 놀이 그만하고 밖에 나오니까 좋지? 나한테 적극적으로 손도 흔들어 주고 말이야."

"이도흠, 정말 유월이가 나도 보자고 했어?"

사랑을 껍같이 알던 기유찬은 어디 갔던가, 여자애들의 말은 사탕발림이라고 거드름 피던 기유찬은 행방불명인가. 내 뒤를 졸졸 따라오면서도 유찬은 유월을 보러 간다는 사실에 잔뜩 긴장한 눈치였다.

"전에 네가 준 짬뽕밥이 엄청나게 고마웠나 보지. 그러니까 같이 오라고 하겠지. 밥 산대, 오디션 끝나고."

유명 프랜차이즈 커피 숍 사이로 작은 카페들이 속속들이 박힌 골목을 걸어 지하로 입구가 나 있는 소극장에 들어섰다. 지하로 내려가는 계단을 밟으며 나는 속으로 다경을 떠올렸다. 온갖 시집을 뒤적이고 여자애들한테 물어서 얻은 낭만적인 문자 멘트를 씹는 '몹쓸 인간 권다경'이라고 중얼거리면서. 어젯밤엔 결국 참다못해 노골적으로 내 감정을 문자에 쏟아 냈다. 왜 대답이 없느냐고, 나는 혼자 삽질 연애를 하고 있는 거냐고 물었다. 두 시간이 지난 뒤에 내 전투력을 바닥으로 끌어 내리는 답장이 날아왔다.

94

다경 곧 모의고사야.

우리의 첫 데이트는 나쁘지 않았다. 계약서가 꼬리표처럼 딸린 연애였지만 푸드 코트에서 날 보며 활짝 웃었던 다경의 표정이 허상이 아니었듯이, 다경의 자장면을 비벼 주던 내 마음 역시 그 순간만은 진심이었다. 정말 자장면을 맛있게 잘 비벼 주고 싶었으니까.

계단을 내려가면 내려갈수록 어둠은 더욱 짙어졌다.

새로운 형식의 오디션이었다. 소극장 관객석에 나처럼 응원하거나 단순히 구경하러 온 사람들이 자리를 잡고 앉았다. 오디션 참가자들은 긴장감에 아드레날린이 하늘 끝까지 치솟겠지만 객석은 흥에 겨운 사람들로 넘쳐났다.

유월은 보석이었다. 놀라운 것은 주위의 어둠과 상관없이 유월의 모습에서 빛이 뿜어져 나오는 것 같다는 착각이 들었다. 한낮의 햇살이 유월의 몸에 문신처럼 박혀 든 듯한 느낌에 심장이 뛰었다.

"밤, 검은 어둠. 길 잃은 영혼, 새벽은 멀고 끝없는 밤……. 세상, 그 무엇도 날 막을 순 없어……."

뮤지컬 〈지킬 앤 하이드〉였다. 이것이 진정 유월이 내는 소리란 말인가! 작은 무대 위에 당당히 서서 허공을 향해 시선을 주고 노래를 하는 유월은 내가 아는 여자애, 유월이 아니었다. 그때였다. 갑자기 유월이 무대에서 위치를 달리했다. 음악의 분위기가 순식간에 바뀌었다. 비명이 무대의 어둠을 찢어 놓았다.

"으악! 시끄러워 죽겠구만 뭐라 지껄여. 가소로워! 승리한다고. 듣다보니 안쓰러워. 니가 불쌍해. 넌 나를 못 벗어나, 절대!"

유월의 눈동자가 희번득거렸다. 두 명의 유월이 그 애의 심장 속에 살았구나! 나는 유월이 무서워졌다. 저런 열정을 가진 저 아이가 진심으로 무서워졌다. 유월이 그동안 켜켜이 가슴에 담아 두었을 외로움의 무게가 어떤 것인지, 드디어 실체가 보이기 시작했다.

중학교 때 유월은 학교가 파하고 집으로 돌아가는 길에 웃는 얼굴로 이렇게 말했다.

'내가 돈 줄게, 내 외로움 좀 가져가 줘.'

그날을 마지막으로 유월은 유학을 가 버렸다.

같이 다니던 무리들은 장난으로 유월에게 "십억 줘", "난 백억 아니면 네 외로움 안 갖고 가" 따위의 헛소리를 해 댔다. 유월의 목소리에는 처절함과 외로움, 분노와 슬픔, 고통이 뒤엉켜 있었다. 진심이었던 것이다.

무대 위에서 두 사람의 영혼을 연기하며 제 목소리를 내는 유월이 눈부셨다.

"난 살아, 영원히 네 안에."

다경이 생각났다. 모의고사 대비 문제집을 풀면서 제 삶을 증명할 아이.

가사를 내뿜는 유월의 모습에서 나는 제가 사랑하는 모든 것을 위해 스스로를 태우는 것이 얼마나 아름다운지 두 눈으로 확인했다.

"그럼, 지옥에서 볼까 지킬?"

나직이 속삭이는 유월의 목소리에 눈물이 나오려고 했다. 유월의 지옥은 저 작은 무대에서 눈부시게 타오르고 있었다. 노래는 막바지로 치닫고 나는 소극장 안의 조명이 밝아질 경우를 생각해 얼른 눈물을 닦았다. 티를 내지 않으려고 뭔가 생각하는 시늉을 하며 미간에 주먹을 갖다 댔다. 그러면서 슬쩍 눈꼬리에 묻어난 눈물을 찍었다.

〈지킬 앤 하이드〉는 최고의 명작이었다. 독서 논술 시험을 대비해 읽었던 작품이었다. 오로지 엄마의 강요에 의해 방바닥을 이리 뒹굴, 저리 뒹굴 하면서 읽었던 지킬과 하이드가 유월의 목소리를 통해 심장을 파고들었다. 논술 답안에 반 장난으로 '다중이'라고 적었던 지킬 앤 하이드가 전설이 되어 버린 시간이었다.

소극장에 불이 켜지고 땀으로 젖은 유월이 보였다. 놀란 가슴을 진정시키기도 전에 커다란 휘파람 소리가 들렸다. 내 옆에 유찬이 있었다는 걸 깜빡했다.

"하아, 미치겠다."

유찬 역시 무대에서 제 시선을 거두지 못하고 있었다. 다행이었다, 눈시울을 붉힌 게 나 혼자만은 아니라서. 나는, 녀석의 등을 툭 하고 가볍게 쳤다.

오디션이 끝났다. 유찬이 한달음에 객석을 뛰어넘어 유월에게 달려갔다. 날아갔다는 표현이 맞을 정도로 녀석의 동작은 날랬다.

"준아, 너는 내가 본 최고의 지킬이야, 최고의 하이드고."

두 사람은 나를 잊은 양, 서로 포옹했다. 유월은 오랜 시간 기다린 사람처럼 유찬의 품에 안겼다. 나는 유찬의 품에 안겨 눈을 감는 유월의 얼굴을 보고 충격을 받았다. 그토록 행복한 모습의 유월은 처음이었다.

"난 유월이 너, 다중이인 줄. 너…… 설마…… 남자였어?"

내 말에 유월이 눈꼬리를 말아 가며 웃었다. 유찬은 포옹을 풀지 않고 유월의 등을 토닥토닥 두드려 줬다.

"야, 언제까지 이럴 거야? 니들이 이렇게 막 스킨십 할 사이냐?"

그제야 살짝 당황한 유월이 포옹을 풀었다. 유찬이 아쉽다는 듯 유월을 곁눈질했다. 대놓고 포옹, 키스, 섹스를 떠들어 대던 녀석의 반응치고는 소심한 행동이었다.

"배고프다, 밥 먹으러 가자. 삼겹살 당긴다."

앞장을 선 유월의 발걸음이 단단해 보였다. 지상을 향해 계단을 내딛는 유월의 발걸음이 어찌나 경쾌한지 오디션 결과는 아무래도 상관없다는 생각이 들었다.

주말 저녁 삼겹살 가게는 손님들로 인산인해였다. 주변 가게보다 유독 손님이 많았던 것은 아무래도 싼 가격 때문이었다. 그 덕에 우리 같은 학생들이 많았다. 나는 고기를 굽는 족족 유월 앞에 대령하는 유찬의 옆구리를 세게 쳤다.

"너, 이 새끼. 의리가 죽었냐?"

평소 유찬이라면 이죽대며 내 말에 반박을 했을 텐데 이상하게 말이 없었다. 심오한 표정으로 삼겹살을 노릇하게 구울 뿐이었다.

유월은 바싹 구운 삼겹살을 내 앞에 가지런히 놓아 주더니 딴소리를 했다.

"도흠아. 나, 아까부터 심장에서 소리가 나."

"소리가 나야 살아 있다는 증거지."

나는 삼겹살을 입안으로 구겨 넣으며 대답했다. 저렴한 가격치고는 육즙이 살아 있었다. 돼지기름이 고소하고 부드러웠다. 다경의 문자로 망친 기분까지 부드럽게 풀어 주는 느낌이었다.

"이상한 소리야."

유월이 무심코 내 손을 잡아 자기 가슴에 대려고 했다. 순간 유찬이 들고 있던 집게로 내 손등을 내리쳤다. 그 모습에 나도, 유월이도 피식 웃어 버렸다.

"어떤 소린데?"

삼겹살 불판 앞에서 유찬이 처음으로 입을 열었다.

"쿵쿵, 쿵쿵."

제 앞에 놓인 고기 한 점을 입안에 쏙 넣고 씹으며 유월이 유찬에게 대답했다.

"심잡음이네."

나는 건강이 최고라면서 파절임을 크게 집었다.

"심잡음?"

"그래, 심잡음. 심장에서 잡음이 들리는 거야."

하지만 유월은 내 말을 듣지 않았다. 고개를 힘차게 가로젓더니 식당 안으로 들어오는 누군가를 향해 웃어 보이며 말했다. 내 등 뒤에 엄청난 미남이라도 나타났나?

"잡음 아냐. 소리 나는 내 심장…… 그건 사랑이야."

돼지고기를 씹으며 나는 소극장 무대 위의 유월을 머릿속으로 그렸다. 나의 기억은 되감긴 촬영 테이프처럼 돌아갔다. 하나의 심장으로 두 개의 영혼을 노래하는 유월, 그리고 어쩌면, 그 심장의 상처를 알아보고 안아 준 유찬. 앞으로 이 두 사람의 심장이 내는 소리는 특별할지도 모르겠다고 생각하며 나는 가만히 고개를 끄덕였다.

"도흠아, 모의고사 점수가 나오고도 이렇게 고기를 신나게 씹을 수 있을까?"

권다경이었다, 내 등 뒤에 서 있는 사람은.

소리 나는 심장

카키색 수첩 표지에 섬뜩한 스티커를 손가락으로 찔러 봤다. 다경을 꼭 닮은 단발머리 여자애가 뱁새눈을 하고 날 쳐다보고 있었다. 스티커 모양하고는. 누가 봐도 권다경 미니어처다. 게다가 스티커 글귀는 더 오싹했다.

'지켜보고 있다!'

카키색 수첩을 펼쳤다. 빼곡하게 정리해 놓은 영어 단어, 숙어 사이로 다경의 목소리가 환청처럼 들렸다. 삼겹살 가게를 나오면서 다경은 단호한 태도로 제 뜻을 밝혔다.

"이도흠, 난 멍청이랑 연애하기도 싫지만 나 때문에 성적 떨어졌다는 꼴은 못 봐."

눈만 껌뻑대며 제 얼굴을 쳐다보는 날 다경은 어떤 마음으로 바라봤을까? 모의고사 준비로 못 나온다고 해 놓고 삼겹살 가게에 깜짝

등장한 정성에 감격한 것도 일이 분이나 지속되었을까? "삼겹살이 목구멍으로 넘어가니?" 하더니 내 옆구리에 카키색 수첩을 찔러 주었다. 어제 우리 둘 사이를 방해하지 않겠다며 먼저 사라진 유찬과 유월의 배려가 참으로 쓸데없다고 생각하던 찰나였다.

"어디까지 빠져들었어? 터치조차 시도 못 한 무능력자는 아니겠지, 이도흠?"

책상 위에 엎드려 있는데 유찬이 나를 가만두지 않았다. 친절하게도 《수학의 정석》을 내 머리 아래에 밀어 넣어 주더니, 나에게 방귀와 연애담은 숨기려야 숨길 수 있는 것이 아니라고 회유책까지 썼다. 벙어리처럼 입을 꾹 다물고 있자 휴대폰으로 음료 쿠폰까지 보냈다.

"스킨십이 있으면 분명히 마음이 간다. 내 말 흘려듣지 마라, 이도흠."

고개를 돌려 봤지만 반대편으로 와서 내게 얼굴을 바싹 들이미는 녀석의 끈질긴 행동에 두 손 두 발 다 들었다. 나는 베고 있던 《수학의 정석》을 책상 모서리 쪽으로 슬며시 밀어 버렸다.

"가짜 연애에 무슨 마음이 가냐? 다 뻥이야."

책상에 귀를 대고 엎드려 있으면 세상의 소리가 유난히 잘 들렸다. 내 목소리가 낯설게 느껴질 정도였다. 유찬이 내 옆에 얼굴을 마주하고 엎드리자, 지나가던 몇몇이 "변태 새끼들, 사귀냐?"라며 시답지 않은 소리를 해 댔다.

"이도흠, 어차피 연애는 게임이야. 이렇게 진지하게 발끈하는 것부터 위험한데? 복수하려고 연애를 시작한 것부터 틀려먹었어."

"신경 꺼."

"조언은 구하면서 신경은 *끄*라고? 어림없는 소린 거 알지?"

오디션 이후, 녀석은 유월과 한껏 가까워진 모양이었다. 삼겹살집에서 유월의 개인 접시에 노릇하게 잘 구운 삼겹살을 차곡차곡 쌓을 때부터 알아봤다.

마음 다잡고 자세를 바로 한 뒤 수첩 첫 장의 첫 단어를 눈에 담는데 녀석이 속삭였다.

"야, 이도흠. *뽀뽀*하면 사귀는 거겠지?"

아무래도 다경은 앞날을 내다볼 줄 아는 혜안까지 지닌 듯했다. 소름이 돋았다.

"기유찬, 너…… 연애 전문가 아니었어? 그딴 질문을 왜 나한테 해?"

유찬의 질문에 심장이 불안정하게 뛰었다. 이런 녀석에게 난 여태 연애 상담이란 걸 했단 말인가. 바보 천치가 따로 없었다.

"준이 어떻게 보냐?"

"너, 이 자식…… 유월이랑 *뽀뽀*했다는 거야? 삼겹살 먹은 날?"

우리 둘을 버려두고 어깨를 나란히 하며 어둑한 골목길로 사라지던 유찬과 유월의 뒷모습이 뇌리에 스쳤다. 녀석이 고개를 숙이더니 내 카키색 수첩을 펼쳐 영어 단어를 읽었다. irretrievable, 천천히 발음하더니 내 눈치를 살폈다.

"흠, 완벽한 단어야. 이미 벌어진 일을 돌이킬 수는 없겠지? 그래, 사귀는 거야. 제대로!"

교실 뒤로 달려간 유찬은 거울 앞에 서더니 혼잣말을 중얼거리다 제 뺨을 소리나게 때렸다. 홍조 띤 유찬의 얼굴을 보면서 나는 모든 것이 내 계획과 달리 '돌이킬 수 없는 상태'로 가고 있는 기분이었다. 내겐 강력한 제동 장치가 필요했다. 심장이 심상치 않게 뛰기 시작했다.

연애가 싫었다. 첫 연애가 실패로 끝나서였다. 누구나 실패를 통해 다음을 도모하는 법이고 성장한다고 하지만 나는 두 번 다시 온 마음을 내던지는 연애 따위는 하고 싶지 않았다.

나의 첫 연애 상대는 한 살 연상의 야망녀였다. '이윤아'라는 이름을 두고 유월은 그 애를 '날름'이라고 불렀다. 뱀처럼 군다는 것이 이유였다. 유월의 설명이 틀린 말은 아니다. 윤아는 나를 '날름' 핥아 간 을 보고 제 잇속만 챙기려고 했으니까. 차라리 대놓고 나와 사귀는 이유를 말해 주었다면 덜 상처받았을 것이다. 하지만 윤아는 끝까지 나를 기만했다.

"어머니, 전 영어 점수가 잘 안 나와서요. 외고가 목표인데 힘들까요? 영어 내신은 1등급이긴 한데……."

윤아가 처음 우리 집에 놀러온 날, 나는 왜 그토록 그 애가 엄마가 집에 계신 날 꼭 초대해 달라고 말했는지 깨달았다. 엄마한테 자신의 입시 상담을 받고 싶었던 것이다. 윤아가 조금만 과묵했다면 그 작전은 무덤까지 가지고 갈 수 있었을 거였다. 하지만 그 애가 친구에게 화장실에서 하는 말을 듣게 되는 바람에 나는 연애 기피자가 되고 말았다.

100일째 되는 날이었다. 내가 하고 있는 사랑에 맹목적이었고 내가 하고 있는 사랑은 오로지 한 가지 얼굴을 갖고 있다고 믿던 나날이었다. 세 달치 용돈을 가불한 것도 모자라 주위 친구들에게 돈까지 꿔서 100일 기념 파티를 하겠다고 작은 파티 룸까지 빌렸다. 비록 반지하 파티 룸이었지만 100일 기념 파티를 하기에 모자람이 없는 공간이었다. 드레스 코드 운운하는 윤아를 위해 100일 바로 전날에는 순백의 원피스까지 사다 바쳤다. 드레스를 위해 누나가 숨겨 둔 비상금을 털었고 모자란 돈을 충당하기 위해 처음 보는 초등학생들의 돈을 빼앗았다. 내 사랑의 실체를 알기 전까지는 내 손으로 사서 입힌 순백의 원피스가 웨딩드레스 같다는 야무진 상상까지 했다.

파티 룸에 딸린 화장실이 남녀 공용이었던 것에 나는 신께 감사드린다. 태어나서 처음으로 시도하는 100일 이벤트에 잔뜩 긴장했는지 탈이 났다. 아침부터 화장실을 들락거리다가 급기야 하트 모양의 초에다 불을 붙이기도 전에 변기와 한 몸이 되었다. 시도 때도 없이 나오는 설사에 배를 움켜쥐고 있을 무렵이었다. 화장실로 여자애들의 목소리가 들려오니 나갈 타이밍도 못 찾고 괄약근을 조절하며 숨죽였다. 그때 내 귀에 들린 것이 바로 윤아의 실체였다.

"윤아야, 너 진짜 이도흠 좋아해?"

"미쳤니? 나, 내년에 무슨 일이 있어도 외고 가야 돼. 내가 반에서 중간밖에 못 하는 애랑 왜 사귀었을 거 같니?"

목소리의 주인공은 분명 윤아였다. 내가 평생 함께하자고 고백하려던 첫사랑이었다.

"이도흠은 딱 입시 전까지만 만날 거야. 걔네 엄마가 유명 입시 대리모잖아. 우리 엄마가 그렇게 상담하려고 해도 어림없었는데 상담비도 안 쓰고 좋잖아? 여친 찬스!"

화장실 변기에 앉아 있던 나에게 기적이 일어났다. 내 의지대로 괄약근이 조절되고 설사도 멎었다. 나는 변기 물을 내리고 문을 열고 나갔다. 놀란 윤아와 그 애의 친구가 나를 보고 얼음이 된 상태였지만 나는 아무렇지 않게 손을 씻고 파티 룸으로 들어갔다. 그러고는 묵묵히 초에 마저 불을 붙였다.

"야! 이제 그만해! 이윤아, 방금 가 버렸어. 너랑 끝이래!"

유월이 나를 말렸다. 있는 힘껏 유월을 뿌리치고 묵묵히 초에 불을 붙였다. 완성하고 보니 제법 괜찮은 하트 모양의 길이 완성되었다. 유월은 그런 나를 보고 무슨 일이냐며, 끝났다는데 왜 끝까지 초에 불을 붙이냐고 욕설해 댔다. 나는 차마 유월에게 생애 첫 여자 친구에게 이용당했다는 말을 할 수가 없었다. 지금 생각해 보면 그것이 자존심 때문이었는지 아니면 끝까지 내 사랑을 지키고 싶은 마음 때문이었는지 잘 모르겠다. 흔들리는 촛불을 보며 나의 상실감은 화로 돌변했다. 전신을 휘감은 분노는 갈 곳을 몰라 허둥대다가 엄마에게 향했다.

'엄마가 입시 상담만 하지 않았어도 내가 이런 꼴이 되지는 않았을 거 아냐!'

하트 모양으로 만든 초가 다 타들어갈 때까지 나는 꼼짝하지 않고 제자리에서 버텼다. 초가 타는 모양을 지켜보면서 다짐했다.

'두 번 다시 연애는 안 해. 심장 따위를 내주는 짓 따위도 안 할 거고.'

잠이 오지 않는 밤이었다. 머릿속이 복잡한 것도 아니었고 뭔가 고민이 있는 것은 더더욱 아니었다. 그냥 멍하니 숨만 쉬고 있었다. 다경이 생각났다. 이 시각, 애는 무얼 하고 있을까. 내 마음이 진심으로 바뀌게 될까 봐 애써 누른 톡 내용을 지워 버렸다. 똑바로 누워 그 애의 스케줄과 삶의 무게를 생각했다. 엄마가 아버지가 마련한 케이크를 뒤로 하고 다경에게 가면서 했던 말을 찬찬히 곱씹었다.

'난 그 애를 반드시 입시에서 성공시켜야 해. 그게 내 가족을 지키는 일이니까.'

한편으로는 내가 어쩌면 자신의 마음에 가장 가까이 닿을 수 있는 사람일지도 모른다는 그 애의 문자메시지가 생각났다.

'왜 나랑 사귈 생각을 했어?'

'네 말 때문에.'

'내 말?'

'즐겁지 않으면 인생이 아니라는 말. 즐거워지기 위해 나랑 뭔가를

함께 하자는 사람, 이도흠 네가 처음이었거든.'

아주 짧은 순간 죄책감이 들었다. 첫 데이트를 하던 날, 우리의 첫 식사를 위해 푸드 코트로 걸어가는 길에 작은 허밍으로 노래를 따라 부르던 다경. 생각보다 별로인 그 애의 노래 실력에 웃음을 참으려고 입술을 깨물었던 내가 생각났다. 황금 물고기가 장식된 기타를 연주할 줄 알면서도 노래 실력은 별로인 다경이 인간적으로 느껴졌다. 똑똑하고 빈틈없어 보이는 애가 악기점에 몰래 기타를 맡기면서 혼자만의 즐거움을 찾으려고 안간힘을 쓰는 모습이 짠하게도 느껴졌다. 갑자기 뭔가 뒤엉키고, 복잡한 기분이 밀려왔다. 연애는 시작되었으나 별다른 진척은 없었다.

'그래, 진짜처럼 해 보자!'

보내 놓고 보니 바보 같은 질문이었다. 야심한 시각에 뭘 보냐니! 다경은 카톡 대답을 실시간으로 할 줄 모르는 애였다. 기대하지 않고 누웠는데 휴대폰이 울렸다.

이음절로 보냈더니 이음절의 답신이 왔다. 그리고 창가에 놓인 선

108

인장 사진이 카톡 창에 나타났다. 가시가 제법 날카롭고 억센 선인장이었다. '나' 모양의 선인장은 '앙증'과는 거리가 먼 우람한 모양새를 갖추고 있었다. 뭐라고 대꾸를 해야 하나 고민하는 사이, 두 번째 톡이 날아왔다. 밤을 건너 내게로 찾아드는 다경의 잦은 대화에 자꾸만 호흡이 흐트러졌다.

 애, 꽃 핀다. 빨갛게. 그 모습을 보고 있으면…… 울컥해.

울컥한다는 그 애의 말에 내 심장이 울컥, 갑자기 진심이란 감정이 차오르려고 했다.

1 나올래?

다경에게 보낸 나의 카톡은 깊은 산속의 메아리처럼 허망했다. 응답 없는 휴대폰을 한참 동안 쳐다보고 있었다. 그때였다. 신호음이 들리자 깜짝 놀람과 동시에 반가운 마음이 들었다. 나도 모르는 사이 입가에 미소가 어리고 얼굴 근육이 풀렸다.

 미안. 진짜 엄마가 출장 가서 지금 가짜 엄마가 감시 중.

다경의 부모님은 벤처 기업가라고 했다. 무슨 인공 심장 연구 권위

자라고 했는데 난 이렇게 외치고 싶었다.

'지금 댁의 따님 심장이 돌덩이처럼 단단히 굳어 가고 있어요! 말랑거리는 심장을 위해서 나랑 놀아야 한다구요!'

가짜 엄마는 뭘 하는데?

너무 노골적으로 물어보는 것 같아서 삭제하려다가 실수로 전송 버튼을 누르고 말았다.

 노트북.

안 봐도 비디오였다. 엄마는 아침에 일어나자마자, 그리고 밤에 잠자리에 들기 전에 교육부 홈페이지를 살펴본다. 자주 바뀌는 입시 제도를 수시로 점검해야 한다는 게 엄마의 신념이었다.

권다경, 나와. 아주 신날 거야, 내가 재밌게 해 줄 거니까.

내가 보낸 카톡 내용을 읽었다는 표시가 떴는데 다경은 고민하는지 응답이 없었다. 나는 포기하지 않고 다시 카톡을 보냈다.

진짜 심장 뛰게 해 줄게.

그제야 다경에게서 카톡이 왔다. 고개를 갸웃거리는 이모티콘과 함께.

 어떻게 재밌게 해 줄 건데?

직접 만나 보셔. 만나면 알아. 많이 웃게 해 줄게. 도흠

다경은 질문 대신 환하게 웃는 이모티콘을 보내 왔다. 나는 그 이모티콘이 그 애의 표정 같아서 가슴이 설레었다. 그래서 또다시 활짝 웃고 말았다. 보이지 않아도 알 수 있었다. 그 애도 지금 나와 똑같은 얼굴로 웃고 있다는 것을 말이다.

 자정 되기 직전이야. 진짜 올 거야? 어떻게 올 건데?

카톡 확인과 동시에 온몸에 스프링을 장착한 인간처럼 침대에서 튕기다시피 일어섰다.

밤하늘을 날아간다, 지금 당장! 도흠

내 안에 또 다른 누군가가 살고 있는 것 같은 기분이 들었다.

"이게 네 날개였구나, 이도흠."

"그런 셈이지. 어때, 내 날개?"

"귀엽다."

오늘 같은 날이 올 줄 알았다면 유찬이 스쿠터를 산다고 논 좀 꿔 달라고 할 때 흔쾌히 기부할 걸 그랬다. 녀석의 애마, 이탈젯 엔틱 125 신형은 여자애들의 시선을 끌기에 적합한 기종이었다. 매끈한 보디라인에 매료되지 않은 여자애는 없다고 장담하던 유찬의 말은 뻥이 아니었다. 그러나 내가 타고 온 것은 스쿠터가 아니라 자전거였다. 수십만 원을 호가하는 전문가용도 아니었고 그저 클래식한 디자인의 자전거였다. 앙증맞은 바구니를 떼어 내려고 했지만 쉽지 않았다. 나는 바구니에서 헬멧을 꺼내 다경 손에 쥐여 주었다. 노란 헬멧은 누나가 두고 간 것이었다. 헬멧은 다경에게 안성맞춤이었다.

"흠! 어서 출발하자. 걸리면 끝이야. 몰래 나오느라 혼났단 말이야."

"오케이! 꽉 잡아."

의도하지 않았지만 급히 출발하느라 다경이 내 등에 따개비처럼 바싹 붙었다. 자연스레 내 허리에 감긴 작은 손을 보며 나는 속으로 콧노래를 불렀다. 어둠 속을 달려올 때 고스란히 맞았던 찬 기운이 다경의 작은 손 하나로 다 사라지는 기분이었다. 나는 배에 힘을 주었다. 이럴 줄 알았으면 평소 복근 운동을 할걸······.

붉은 신호 앞에서 멈췄다. 정지하고 있는 동안에도 다경은 내 허리에서 손을 풀지 않았다. 오히려 내 허리를 더욱 바싹 당겨 안았다. 나는 더욱더 배에 힘을 주었다. 호흡이 살짝 벅찼지만 참을 만했다. 다경이 손을 슬며시 풀더니, 내 배를 탁탁 두들겼다.

"이도흠, 힘 빼."

"아…… 느껴졌어?"

적어도 나는, 몸을 속이는 짓은 하지 않기로 했다. 다경이 다시 내 허리에 손을 감았다. 깍지를 낀 손이 참 예뻤다. 다정한 손이었다.

신호가 바뀌었다. 그린 라이트, 어느 순간에 본 초록빛보다 밝고 선명했다. 우리는 밤거리를 달렸다. 서로의 온기를 나누며 밤거리를 누볐다. 대화는 없었고 서로의 얼굴을 마주 볼 수는 없었지만 알 수 있었다. 둘 다 앞을 보고 활짝 웃고 있다는 것을.

목적이 있었던 것은 아니었다. 충동적인 제안이었지만 밤의 데이트는 성공이었다. 나름 매력도 있었다. 발길 닿는 대로 여기저기 달리다가 편의점에서 허기를 달랬다. 나는 컵라면과 삼각 김밥 두 개를 해치웠고 다경은 얼굴이 붓는다는 이유로 바나나우유를 마셨다. 나의 권유로 삼각 김밥 한 입을 베어 물기는 했다. 나는 다경이 한 입 베어 문 김밥을 입안에 털어 넣으며 "오늘은 일단 간접 키스로 만족!"이라고 외쳤다. 놀란 눈으로 나를 본 다경은 너털웃음을 터뜨렸다. 별의별 멘트를 다 날리는 요즘이었다. 유찬이 여자애들에게 날리던 낯 뜨겁고 느끼한 멘트들이 그동안 나도 모르는 사이에 습득되었나 보다. 유찬에게 고맙다고 인사해야 할 것이 하나 더 늘어난 셈이었다.

빨대를 구석구석으로 움직여 가며 바나나우유를 알뜰하게 마신 다경이 나에게 보답하겠다고 말했다. 보답이란 말에 나는 키스를 떠올렸다. 그야말로 자동 반사였다. 나도 모르게 피식거리는데 다경이 내 이마에 꿀밤을 딱 소리나게 날렸다.

"악!"

외마디 비명을 지르자 다경이 눈을 흘기더니 입을 삐쭉거렸다.

"이도흠, 네가 지금 뭘 상상하든 그 이하일 거야."

든든한 배를 안고 우리는 헨리 정의 악기점에 도착했다. 자정이 가까워지는 시각이었다.

"헨리 씨, 문 닫고 갔으면 어쩌지?"

있는 힘껏 페달을 밟으며 소리쳤다. 등 뒤에서 다경이 외쳤다.

"아직 안 닫았어!"

"네가 어떻게 알아?"

"자정 넘어 몰래 간 적이 있으니까!"

다경의 새로운 비밀 하나를 알게 되었다. 모두가 잠든 밤에 집을 몰래 빠져나와 헨리 정의 악기점에 가서 기타를 연주한 적이 있다는 거였다. 집에서는 다경이 기타 치는 것을 모른다고 했다. 들키면 한바탕 시끄러워질 것을 염려해, 기타를 헨리 정의 악기점에 맡겨 뒀다고 했다.

한밤의 기타 선율을 꿈꿔 본 적이 없는 나에게 다경의 한밤중 연주는 기대감을 최대치로 올려놓았다. 헨리 정은 마치 우리가 오기를 기다리기라도 한 사람처럼 악기점 문을 열어 주었다. 자신의 기타를 가지러 간 다경의 뒷모습을 헨리 정과 나는 물끄러미 바라보았다. 헨리 정이 내 옆구리를 장난스레 쿡 찔렀다.

"으이구, 음흉한 녀석."

"뭐가요?"

"예쁘고 착한 애를 꾀어 가지고 이 늦은 밤에 사랑의 세레나데를 연주하게 만들어?"

"나에게 주는 보답이래요."

나는 우쭐대며 헨리 정을 약 올렸다.

"네가 뭘 했다고 보답이냐?"

글쎄…… 내가 저 애에게 뭘 해 줬을까? 아주 잠깐 생각하다 대답했다.

"쟤를 웃게 만들었거든요, 적어도 오늘 밤엔."

헨리 정이 나를 빤히 보더니, 헤드록을 걸며 위협했다. 그러고는 귓가에 속삭였다.

"착한 연애해. B급 말고 A급 연애 말이야."

연애에도 A급과 B급이 있다는 사실을 오늘에야 처음 알았다. 내가 아는 대부분의 어른들은 10대들의 사랑을 위험천만하게 봤다. 헨리 정도 어쩔 수 없는 어른일까 싶었지만 우리에게 따끈한 차를 타 주고 다경을 위해 작은 무대를 만들어 주는 것으로 봐서는 제법 괜찮

은 어른이란 결론을 내렸다. 게다가 그는 눈치껏 자리를 피해 줄 줄
도 알았다.

"아이쿠야, 갑자기 똥이 왜 이리 마렵냐?"

그냥 조용히 사라져 줘도 충분히 고마울 텐데 유난을 떨며 생색내
는 모습이라니! 헨리 정이 화장실이 급하다며 밖으로 나가자마자 다
경은 기타를 들고 내 앞에 앉았다. 작은 플라스틱 의자에 앉아 심호
흡을 하는 그 애의 모습이 아주 오래도록 기억날 것 같았다. 나는 파
란색 의자에, 다경은 빨간색 의자에 앉았다. 내가 앉은 의자는 엉덩
이 부분이 깨져서 금이 가 있었지만 그것마저도 특별했다.

"이도흠, 오늘 고마웠어."

선율을 만들어 내는 그 애의 손가락은 마치 기계 같았다. 공부할
때도 저런 필사적인 모습으로 하겠다는 생각을 하자 갑자기 서글픈
마음이 들었다. 한 치의 실수 없이 움직이는 손가락의 움직임은 나를
감동시키기 전에 자꾸만 속상하게 만들었다. 나는 눈을 감았다. 눈
을 감자, 새로운 세계가 펼쳐졌다. 가능한 다경의 기계 같은 손가락
움직임을 떠올리지 않으려고 노력했다. 귓가로 작고 보드라운, 수많
은 꽃잎이 쏟아지는 것 같았다. 귓속에 그 꽃잎들이 차곡차곡 쌓여
서 날 폭신하게 만드는 느낌이었다.

곡명도 알 수 없는 선율이 그 애와 나 사이에 흘렀다. 깊이를 가늠할
수 없는 강의 한복판에 서서 서로를 마주한 채 잔잔한 물살을 느끼고
있는 듯한 착각에 빠졌다. 물살은 빠르게 몸을 휘감아 돌다가도 느리

고 감미롭게 움직였다. 그러다 한순간 몸을 휘청하게도 만들었다.

"어때, 이도흠?"

연주를 끝낸 다경의 눈동자가 잘 닦은 안경알처럼 반짝거렸다. 자부심과 수줍음이 교차된 눈빛이었다. 상위 1퍼센트의 성적을 자랑하는 자신만만한 다경도 누군가의 평가에 긴장할 줄 아는구나. 문득 애를 놀리고 싶은 생각이 들었다.

"별로."

"별……로? 진짜?"

"아니, 가짜."

다경은 내 말을 못 알아듣고 멀뚱대다가 잠시 뒤에 알아듣고 나를 향해 주먹을 날렸다.

"뭐냐, 이도흠."

가녀린 체구 탓에 주먹을 날려 봤자 얼마나 아플까 하는 생각으로 맞아 줬는데 기절하는 줄 알았다. 내 옆구리를 향해 날린 다경의 주먹은 그야말로 전문가의 솜씨였다. 맞는 순간 숨이 턱 막혔다. 그렇다고 떼구루루 구를 수는 없는 노릇이었다. 등에서는 식은땀이 흐르는데 애써 웃어 보이며 말했다.

"세상의 모든 기타 선율이 별로일 만큼 네 기타 연주 최고였어, 권다경."

신이시여, 이 말이 내 입에서 나온 소리가 맞습니까! 누군가에게 마음을 빼앗기면 평소 생각지도 못한 일들을 하거나, 마음에도 없는 소리를 내뱉을 수 있다고 하던데 내가 그 당사자가 될 줄이야. 하지만 나는 다경에게 마음을 빼앗긴 것이 아니다. 마음을 빼앗긴 척 연기하는 것이다. 그런데, 그런데 왜 이런 느끼한 거짓말이 아무렇지 않게 나오는 걸까. 입에 버터를 문 것처럼 거짓말은 술술 흘러나왔다.

"미쳤어, 이도흠. 진짜 느끼하다, 이번 거짓말."

오글거린다며 두 주먹을 쥐고 바들바들 떠는 다경을 보며 나는 연애는 참으로 모순투성이 놀음이구나 생각했다. 느끼하다면서도 다경은 싫지 않은 눈치였다. 다음에는 무슨 연주를 듣고 싶냐고 묻기까지 했다. 나는 점점 연애 사기꾼이 되어 가는 기분이었다.

오래된 노래였다. 내 주위 또래, 그 누구도 알지 못하는 노래였다.

흥이 저절로 났다. 레드로우의 〈노란 오도바이〉가 이토록 어울리는 밤이 오리라고 예상하지 못했다. 한 짝씩 무선 이어폰을 나눠 끼고 밤거리를 달렸다. 비록 노란 오토바이 대신 노란 자전거에 몸을 실었지만 아무래도 좋았다. 노래를 잘 부르는 것도 아니면서 스스럼없이 목청 높여 노래를 부르는 내가 낯설었지만 좋았다. 쿡 하고 등 뒤에서 웃던 다경도 흥얼거리더니 함께 소리 높여 불렀다.

등에 와 닿는 온기에 몸이 떨려 왔다. 이유 없는 흐뭇함이 가슴에 차곡차곡 쌓였다. 아주 오랫동안 내 등에 붙어 살던 따개비처럼 다경은 내 허리를 끌어안고 내 등에 기대어 있었다. 36.5도의 정상 체온보다 훨씬 뜨거운 열기가 내 몸을 감쌌다. 한 몸처럼 붙어서 밤거리를 달리는 우리를 지구 밖에서 누군가가 지켜본다면…… 어쩌면 별처럼 보이지 않을까. 별자리를 처음 책에서 보고 밤하늘에서 북극성을 찾아 그 아련한 빛에 소리를 꽥꽥 질러 대던 어린 날이 떠올랐다. 그 어린 마음이 다경으로 인해 다시 내게 깃들었다. 영원히 얘와 함께 바람처럼 달리고 싶은 마음뿐이었다.

우리는 한강 다리를 함께 건너고 도시의 불빛 사이를 누비며 노래를 불렀다. 다경은 노래를 전부 외워 부를 수 있게 되었다. 음정, 박자, 모든 것이 나보다 나았다. 빨리 배우는 애였다.

집이 가까워 오자 다경은 걱정이 되는지 등 뒤에서 꿈틀거렸다. 한밤 서늘한 공기 탓이라고 하기에는 떨림의 강도가 달랐다. 이런 일탈은 처음이었겠지, 이 떨림은 분명 긴장과 걱정이 원인이었다.

"권다경, 그만 꿈틀대. 지렁이 같아."

"뭐?"

골목 어귀에 자전거를 세웠다. 자전거를 붙들고 섰다. 장시간 페달을 밟은 탓에 다리가 후들거렸다. 헬멧을 쓴 채 다경이 가만히 나를 바라보았다.

"내려야지. 걱정돼? 부모님한테 야단맞을까 봐? 내가 집에 같이 들어가서 대신 혼날까?"

나는 다경의 머리에서 헬멧을 벗겨 주며 물었다. 솔직히 같이 들어가서 혼나 달라고 부탁하면 줄행랑치고 싶은 마음이었지만 호기를 부렸다. 다경은 자전거에서 내려올 생각도 하지 않고 나를 물끄러미

처다보았다.

'얘는 뭘 생각하는 거지?'

혹시나 속마음을 들킬까 봐 고개를 돌릴까, 눈을 질끈 감을까 생각했지만 그 어느 것도 괜찮은 답안이 되지 못했다. 그래서 마냥 서서 나도 다경을 마주 보았다. 그 애가 자전거에서 내려섰다. 그러더니 내 어깨를 톡톡 두드렸다.

"우리 부모님 외국에 출장 가셨어. 혼나는 건, 나중에 혹시 걸리면 그때 꼭 부탁해."

다정한 손놀림에 가슴이 미세하게 떨렸다. 버스를 타고 가다 예기치 못한 곳에서 도로가 푹 꺼졌을 때의 서늘한 느낌이 온몸을 흔들었다.

"그리고 이도흠! 거짓말같이 느껴지니까 자꾸 멋진 말 하지 말아 줘."

"왜?"

"나, 그런 말에 면역력이 없거든."

이 밤, 다경을 웃기겠다고 다짐한 것은 나였는데 오히려 다경이 나를 웃게 만들었다. 나는 멋진 말에 면역력이 없는 다경이 마음에 들었다. 그런데 내가 원래 멋진 말을 잘 하던 인간이었던가?

뭔가 해야 할 것 같은 분위기가 우리 둘 사이에 스며들었다. 고급주택이 즐비한 조용한 골목길, 환한 가로등, 집집에 설치된 CCTV가 우리 둘의 작별을 함께했다. 다경에게 한 발 가까이 다가가는 찰나, 휴대폰 진동이 울렸다. 다경의 휴대폰은 진동 성능이 좋은 최신형이었다. 휴대폰의 진동음에 우리 둘은 너나없이 깜짝 놀라 허둥댔다. 유찬이 봤다면 아마추어답지 못한 작별이라고 한소리 했겠지만 이런 우리 모습이 풋풋하고 한층 더 가깝게 느껴졌다.

"헉! 가짜 엄마야. 걸렸나 봐."

다경의 큰 눈이 더 커질 수 있다는 것을 내 눈으로 확인하는 순간이었다. 다경이 내 손에서 황급히 헬멧을 빼앗더니 내 머리에 씌웠다.

"어서 가, 도흠아."

그 애는 그렇게 떠나갔다. 나는 남의 집 담벼락에 붙어 서서 엄마와 다경의 그림자가 하나로 뭉쳐지는 것을 지켜보았다. 다경은 뒤를 돌아보지 않았다. 그 애와 엄마의 등을 바라보다가 생각해 냈다. 엄마가 나를 위해 집 밖으로 마중을 나온 적이 단 한 번도 없었다는 사실을 말이다.

어둠 속에서 헬멧을 뒤집어쓴 나는 흡사 버림받은 외계인처럼 보이지는 않을까. 골목을 가로지르던 길고양이가 나를 보고 울었다. 가만히 서서 미동조차 하지 않자 길고양이가 더 가늘고 날카롭게 울어댔다.

그냥

"하아, 이게 다 뭐냐?"

누군가 애를 낳았다. 그리고 호텔 ANG의 객실 욕조 안에 버렸다. 유찬네 호텔에서 일주일에 두 번 아르바이트 하기로 한 첫날에 벌어진 일이었다. 길을 가다 물고기 펜던트를 발견하지 않았더라면 하지 않을 아르바이트였다. 솔직히 한 달 후면 끝날 연애 놀이에 추억의 선물까지 신경 쓸 필요는 없었다. 그러나 물고기 펜던트를 보는 순간, 바보같이 다경의 웃는 얼굴을 떠올리고 말았다. 가끔 무방비 상태로 다경이 웃을 때면 순한 아이처럼 보여서 심장이 철렁거렸다. 깊게 패인 보조개가 뇌리에서 떠나지 않았다.

불행인지 다행인지 아기는 울지 않았다. 버려진 제 처지를 몰랐거나 어디가 많이 아플지도 모를 일이었다. 머릿속이 하얬다. 나는 작은 생명체를 눈에 담았다. 빨갛고 작은 아기였다. 눈 속에 우주를 담

고 있는 듯한 아이였다. 분명 눈에 물기가 가득한데, 언제 울음을 터
트려도 이상할 것이 하나도 없는 눈동자를 하고도 울지 않는 아기였
다. 작은 입술을 씰쭉거리면서 울음을 참으려는 듯 입을 꼭 다무는
입매가 야무졌다.

커다란 수건으로 아기를 감쌌다. 아기가 날 보더니 작은 입을 오물
거렸다. 배가 고픈가?

"이도흠, 똥 싸냐? 욕실 청소는 온종일 하……."

어설프지만 조심스레 아기를 품에 안았다. 욕실로 들어선 유찬이
나와 아기를 번갈아 보았다.

"설마…… 네 애냐?"

"야! 진짜 너, 돌았냐?"

내 소리에 놀란 아기가 입을 삐쭉거리더니 결국 울음을 터트렸다.
아기가 자꾸만 내 품으로 파고드는 느낌이었다. 차라리 울어서 다행
이다 싶었다. 버려진 줄도 모르고 가만히 있는 아기보다 살아 있다는
것을 증명하듯 목청껏 우는 아기가 나았다.

"환장하네. 누가 이딴 짓을…… 하아!"

유찬이 내 품에서 버둥거리는 아기의 손을 잡았다. 아기의 작은 손
은 너무나 연약해서 조금이라도 세게 쥐었다간 부러질 것 같았다.

"러브호텔에서 태어난 아이가 이 세상에 기유찬 말고 한 명 더 있
구나, 꼬마야."

어깨를 나란히 하고 유찬이 넋두리하듯 속삭였다. 인터폰으로 이

사실을 알리자 리처드 기 아저씨가 한달음에 달려왔다. 리처드 기 아저씨는 아기를 보자마자, 휴대폰으로 경찰에 신고했다.

"우리 작은 천사, 너무 순하다. 엄마 젖은 먹었니?"

리처드 기 아저씨가 능숙한 자세로 아기를 건네받았다. 경찰이 올 때까지 아기를 호텔 사무실에서 돌보기로 했다. 리처드 기 아저씨가 아기를 데리고 객실에서 나갔다. 경찰이 와서 객실을 살펴봐야 할지도 모른다고, 아무것도 손대지 말라는 리처드 기 아저씨의 말에 우리는 복도로 나왔다. 복도 끝, 창가에 자리한 2인용 벤치로 갔다. 화창한 날이었다. 햇살도 좋고 구름 한 점 없는 하늘이 티 없이 맑았다.

"저 아기…… 엄마를 찾을 수 있을까?"

나는 내 마음에 파고드는 불길함을 떨치려고 애써 목소리 톤을 높여서 유찬에게 물었다. 정작 답변을 요구할 의도는 없는 질문이었다. 의자 팔걸이 모서리가 긁혀 있었다. 날카로운 무언가에 찍힌 모양새가 거슬렸다. 나는 손톱으로 살살 모서리 주변을 긁적거렸다.

"엄마가 돌아왔을 때…… 딱 보는 순간, 엄마라는 걸 알았지."

불과 몇 년 전까지 엄마란 존재를 본 적이 없다고 한 녀석이었다. 등받이에 한껏 기댄 채 고개를 뒤로 젖힌 유찬은 하늘을 바라보았다.

"어떻게?"

하늘을 보는지, 아니면 하늘을 보는 척하면서 딴생각을 하는 건지 녀석은 한참 말이 없더니 몸을 일으켰다. 그리고 내가 알던 평소의 유찬으로 돌아왔다.

"야, 이도흠. 엄마 냄새는 그렇게 쉽게 잊히는 게 아냐."

유찬이 제 손가락으로 콧구멍을 밀어 올렸다. 이제 보니 녀석의 콧구멍 모양이 하트였다.

"내가 또, 개코잖냐."

'개코'란 단어가 왜 그리 서글프게 들렸는지 모르겠다. 나는 305호에서 발견한 아기도 녀석처럼 개코였으면 하고 빌었다.

짧은 반바지와 슬리퍼 차림으로 아이스크림 하나를 물고 바닷가를 한가롭게 거니는 것. 혹은 왕골 돗자리가 깔린 거실에 누워 시원한 선풍기 바람을 맞으며 늦잠을 자거나 웹툰이라도 보면서 키들대는 것. 진정한 여름 방학이라면 둘 중의 하나라도 실행 가능해야 하는 것이 아닐까.

그러나 이런 나의 바람을 듣던 다경이 정색을 하더니 대놓고 콧방귀를 뀌었다.

"수학 점수가 32점인데 너무 거한 꿈을 갖고 있는 거 아니니?"

"누…… 누가 그래?"

눈앞에 작은 종이가 가볍게 팔랑거렸다. 내 성적표였다. 가벼운 내 점수만큼이나 가볍게 나풀거리는 모양새가 보기 흉했다. 나는 다경 손에서 잽싸게 성적표를 낚아챘다. 깜짝 선물로 가방에서 문제의 물고기 펜던트를 꺼내려다 성적표를 흘린 것이다.

학원 가기 전에 잠깐이라도 얼굴 보고 싶어 왔다는 말에 애들이랑 축구를 하다 말고 한달음에 달려왔더니 이 모양 이 꼴이었다. 카페 안은 밀려드는 초여름의 더위를 간단히 처리할 만큼 냉방 시설이 탁월했다. 그러나 내 목덜미에 맺히는 식은땀은 뭐란 말인가. 더웠는지 아이스 아메리카노를 쭉 들이켠 다경이 내 가방을 곁눈질하더니 피식 웃었다.

"흠…… 32점이라니, 도흠아. 넌 내가 생각한 것 이상으로 무모하거나 용감한 것 같아."

고작 수학 점수 32점에 내 인생을 부끄러워하지 말자! 속으로 주문 외듯 다짐했지만 똥 싸 놓고 뒤처리도 안 한 채 바지 올린 걸 들킨 것처럼 찝찝하고 개운치 않았다. 하지만 기가 죽어 주저앉아 있을 내가 아니다. 다경을 사로잡기에 시간이 너무 없다. 여름 방학 전에 끝내주는 추억을 쌓고 찬 바람이 불기 전에 차갑게 차 버려야지.

"누구보다 내가 용감하지. 이깟 32점이 뭐라고. 내가 살아갈 인생 점수는 아니잖아?"

"오오, 저 배짱! 하지만 난 32점짜리랑 데이트 안 하고 싶네."

방금 전까지 온화한 얼굴이었는데 웃음기 싹 빠진 모습을 보고 있자니 등골이 서늘했다. 농담 같지 않은 저 표정에 질색해야 옳았다. 그런데 다경의 기묘한 매력 하나를 발견한 기분은 뭐람?

"네가 원하는 게 뭐야? 시키는 건 다 할게."

"그으래?"

다경이 괴상한 웃음소리를 냈다. 목구멍을 긁어 대는 듯한 소리가 묘하게 신경 쓰이게 만들었다. 태연한 척 음료수 잔을 거머쥐었다.

"한국 여성 첫 키스 평균 연령이 18.2세래. 넌 알고 있었니?"

다경의 질문에 나는 마시던 아이스 라떼가 입가에 흐른 것도 알아차리지 못했다. 다경이 휴지를 내게 건넸다. 그제야 칠칠치 못하게 음료를 흘렸다는 것을 깨달았다.

"지금 내 나이가 딱 18세지. 그건 너도 마찬가지고."

나는 다경의 눈을 빤히 들여다보고 싶었다. 그러나 그건 어디까지나 내 마음뿐이었고, 손이 떨려서 눈은 고사하고 호흡이 가빠진 게 티 날까 봐 아주 작게 숨을 나눠 쉬었다.

'도대체 네가 진짜 원하는 게 뭐냐?'

살다 살다 일요일에 도서관에서 데이트하게 될 줄은 꿈에도 몰랐다. 대한민국에 이토록 많은 도서관을 지어 놓았다니!

'앤, 뭐냐?'

살아생전에 미적분을 눈으로 푸는 사람을 곁에 둘 줄은 상상도 못했다. 다경은 수학 문제지를 노려보며 볼펜 꼭지를 두어 번 씹더니 답을 적었다. 얼핏 보면 안 풀고 찍나 싶기도 한 모양새였는데 채점하는 것을 보니 가관이었다. 수학 만점자가 내 옆에 앉아 있다니. 충격 탓인지 인수 분해 공식이 헷갈리기 시작했다. 넋을 놓고 쳐다보자 내 시선을 느꼈는지 다경이 제 문제지에서 눈을 떼지 않은 채 제 검지로 내 책을 꾹꾹 찔렀다. 이제 난 대놓고 옆에 앉은 여자애를 관찰하기로 결심했다. 《수학의 정석》을 고이 덮어 베개로 삼았다. 머리를 살포시 올려놓고 고개를 틀어 다경을 동공 가득 담았다. 내리 세 시간 내내 시선 한 번 돌리지 않던 다경이 볼펜을 내려놓았다. 그러나 여전히 시선을 내게 돌리지는 않았다. 정면을 가만히 보더니 작게 숨을 내쉬었다. 숨소리가 생생히 들려왔다.

'이도흠, 일어나라.'

다경의 숨소리는 내게 이렇게 말을 거는 듯했다. 나는 살포시 미소 지으며 여전히 책을 베고 누운 채였다. 정면으로 향해 있던 고개가 드디어 날 향해 방향을 틀었다. 무표정한 다경의 얼굴을 보고 있는데 그 애의 얼굴이 내 얼굴 위로 다가왔다. 입술과 입술이 지척이었다. 아니 종이 한 장, 내가 조금이라도 입술을 움직인다면 우리의 첫 입맞춤이 연출될 상황이었다.

도서관은 고요했고 우리는 작은 어항에 갇힌 물고기들 같았다. 통창으로 햇살이 쏟아져 들어왔다. 열린 작은 창으로 도서관 밖을 지나는 사람들의 말소리, 차 달리는 소리가 반주처럼 들렸다.

서로의 시선이 얽혀 들었다. 뜨겁고 진지한 시선이었다, 이 순간 내 눈빛은. 거짓이 존재하지 않는 찰나였다. 서로의 숨소리가 들리고 콧날이 스치고 뺨의 솜털을 느낄 만큼 가까운 거리의 우리.

"……해도 돼?"

"도흠아, 그런 건 묻는 게 아니야."

계획에 없던 키스였다. 다경이 나에게 먼저 입술을 내밀었다. 내 마음은 뜨거운 피자 위의 치즈처럼 녹아내려 흐물거리고 있었다. 이제 껏 나는 민트 향을 싫어했지만 오늘 이후로 나는 세상의 민트 향을 기호 식품군에 넣으려고 한다. 도서관에 오면서 함께 먹었던 애플 민 트 맛 아이스크림을 잊지 못할 것이다.

입맞춤은 자연스러웠다. 키스에 도달하기까지의 과정이 계획적이 었든 가짜였든 뭐였든, 키스라는 행위 자체만큼은 진실이었고 운명 이었다.

"자, 이제 수학 문제에 집중할 수 있겠지?"

언제 그랬냐는 듯, 다경이 바른 자세로 앉더니 다시 볼펜을 입에 물었다. 나는 저 입에 물린 볼펜과 동급인 건가? 내 가슴은 아직도 이렇게 뛰는데, 호흡이 여전히 가쁜데. 어떻게 다경은 입맞춤하기 전 과 똑같은 무표정으로 돌아갈 수가 있는 것일까?

몸을 일으켜 앉았다. 나 혼자만 입맞춤의 여파에서 헤어나지 못하 고 있다는 게 자존심이 상했다. 이 게임의 갑은 나여야만 하는데 오 늘은 확실히 내가 을도 아니고, 병이나 정이면 딱이었다. 문제집은 펴 지도 못했다. 손끝이 이상하게 떨렸다. 창으로 고개를 돌렸다.

"하…… 집에 가고 싶다."

정말 작게 속삭였는데, 나만 간신히 알아들을 수 있을 정도로 입 만 벙긋거렸는데 다경이 묻지 않은 내 말에 대답했다.

"끝내도 내가 끝내. 계속해."

우리의 키스는 미분으로 설명될 수 있는 행동이었을까? 내 안에 조금씩 균열이 생기고 있었다. 이 연애, 더는 가짜라고 방치할 수 없을지도 모른다고 심장이 말해 주고 있었다. 서로의 입술이 마주치던 순간의 뜨거움이 순식간에 발끝으로 재빠르게 가라앉아 버린 기분이었다. 나는, 아무렇지 않은 다경이 야속했다.

온종일 적성에 맞지 않는 수학 문제와 씨름했더니 배가 유난히 고팠다.

"저녁 뭐 먹을까?"

"앗, 미안. 엄마 2호가 갑자기 과외를 잡아 버렸어. 정말 베리 쏘리."

다경은 어플로 택시를 부르느라 내 얼굴을 볼 생각도 못 하는 모양이었다.

"도흠아, 너도 같이 타고 가자. 우리 집 갔다가 너희……."

대답할 가치도 없었다. 반나절이나 넘는 시간을 함께 보냈음에도 불구하고 기분이 별로였다.

"잘 가."

집으로 되돌아가기 위해 몇 걸음 가다, 다시 발길을 돌렸다. 나는 바보 천치였다. 누군가를 마음에 담을 준비가 전혀 안 되어 있는, 어리석은 남자애였던 것이다. 물병자리이니 물고기를 내 품에 담겠다고? 개나 줘라, 헛소리 따위.

"왜 다시 와?"

"너, 택시 타는 것까지는 보고 가려고."

다경이 날 보고 웃었다. 웃는 눈이 반달 모양으로 접혔다. 그리고 오른쪽 뺨에 보조개가 깊게 새겨졌다. 오늘 하루 중, 이제야 날 제대로 보는구나.

"미적분이 재밌냐?"

"응, 너 생각나게 하거든."

예상치 못한 대답에, 모서리가 거칠게 일어난 심장이 여리고 부드럽게 녹아내렸다.

"변하는 모든 것에 미분이 있고 더하는 모든 것에 적분이 있다! 앗, 택시 왔다. 잘 가, 이도흠."

다경이 탄 택시 번호를 휴대폰에 저장했다. 온종일 내 생각을 하게 만든다는 미분과 적분에 내가 능숙해질 날이 올까 모르겠지만, 이 연애를 바라보는 내 마음이 변하고 있었다.

나는 지하철역으로 발걸음을 옮겼다. 집으로 가 봐야 혼자 밥 먹을 게 뻔해서 유찬에게 전화했다. 한참 신호음이 울린 끝에 전화를 받았으나 내가 입을 떼기도 전에 전화가 끊겼다. 바로 카톡이 왔다. 숫자 6이 찍혔다. 유월이랑 같이 있는 모양이었다.

집으로 가는 최단 경로를 포기하고 최대한 돌아가는 노선을 선택했다. 언젠가 다경과 지하철을 타고 서울 시내 곳곳을 돌아다녀 보는 것도 재밌겠다 싶었다.

"제가 무엇을 팔러 왔을까요? 네에, 맞습니다!"

사람들 그 누구 하나 입도 뻥긋하지 않았다. 나는 눈앞에 서 있는 사내의 넉살에 정신이 혼미해졌다. 지하철에서 칫솔을 파는 아버지는 꿈도 꿔 본 적이 없었다. 칫솔을 판매하는 일 자체를 폄하하는 것이 아니라, 아버지가 불특정 다수 앞에서 무언가를 파는 행위를 한다는 것이 놀라웠다. 특히나 아버지는 말수가 적고 남 앞에서 크게 목소리를 내는 것에 심한 부담감을 느끼는 사람이었다.

"첨단 과학의 쾌거라 할 수 있는 나노 테크놀로지가 탄생시킨 금 나노 칫솔입니다. 나노가 무엇이냐? 우리 집에서 키우는 개 이름? 아닙니다! 머리카락 굵기의 십만 분의 일에 해당하는 아주 작은 크기의 솔. 전자 현미경을 들이대야만 간신히 볼까, 말까 한 이중 칫솔모가 여러분의 소중한 잇몸을 부드럽게 감싸는 제품입니다. 이제 깨끗하게만 닦아다오, 하던 시대는 갔습니다. 잇몸에도 마사지의 시대가 열린……"

아버지는 상대 출신이었다. 나노와 전자 현미경과는 아무 상관이 없다는 뜻이다. 얼마나 떠들고 다녔는지 입가에 허연 침 자국이 말라붙어 있었다. 쉴 새 없이 구매를 요구하는 아버지의 입을 보고 있자니 서글픈 생각이 들었다. 세상에서 가장 고단한 입과 침 자국이 아버지의 것인 듯싶었다.

"이 놀라운 제품을, 중소기업 박람회에서 만 원에 팔던 제품을 다섯 자루 한 세트에 단돈 오천 원만 받겠습니다. 자, 너무 싸다 기절하시기 전에 살펴나 보십시오!"

목소리에 자신감이 묻어나고 있었다. 아버지는 간결하고 군더더기 없는 손놀림으로 칫솔 세트를 지하철 손님들의 무릎 위에 올려놓았다. 사람들의 무릎을 제품 진열대로 생각하는 것 같았다. 아버지가 점점 내가 앉은 곳으로 다가왔다. 눈에 익은 넥타이가 아니라면 아버지가 아니라 아버지의 도플갱어라고 믿고 싶은 심정이었다. 누나가 사준 넥타이를 매고 아버지는 웃는 낯으로 칫솔을 팔았다. 오천 원을 건네받을 때면 아버지는 비굴할 정도로 고개를 숙였다.

나는 아버지의 영업장에 나타난 불청객이 되고 싶지 않았다. 최대한 몸을 웅크리고 고개를 숙여 자는 척을 했다. 얼마 안 되는 무게가 내 다리 위에 올려졌을 때 나는 비명이라도 지르고 싶은 기분이었다. 칫솔의 무게가 그토록 버거운 줄 처음으로 알았다.

"학생, 자는 척 말고 칫솔 구경해. 입 냄새 나는 남학생, 여학생들은 안 좋아해요."

과연 아버지가 날리는 멘트라고 믿을 수 있을까! 능글맞은 아버지의 멘트 앞에서 나는 눈물이 쏟아지는 것을 참았다. 살기 위해 발버둥 치는 아버지가 고스란히 느껴지는 멘트였다. 요즘 지하철 상인들은 여행용 캐리어를 갖고 다니거나, 카트를 밀고 다닌다는데 어떻게 된 영문인지 아버지는 커다란 박스를 테이프로 덕지덕지 바른, 조악하기 짝이 없는 손잡이를 만들어 들고 다녔다.

'에이 씨, 어깨 빠지면 어쩌려고 저걸 들고 다니냐?'

어깨에 무리가 온 탓인지 아버지는 물건을 사지 않는 손님들에게 칫솔을 건네받으면서도 연신 어깨를 들썩거렸다. 몰랐다면 비트에 맞춰 어깨춤이라도 추는 줄 알았겠지만 한쪽으로 치우친 어깨는 분명 정상이 아니었다.

몇 주 전부터 아버지는 외출하는 일이 잦았다. 나는 단순히 집 안에서의 생활에 염증을 느끼기 시작한 것이라고만 생각했다. 아침 일찍 집안일을 마치고 집을 나선 아버지는 저녁이 되어서야 귀가했다. 새싹의 어린 순처럼 싱싱했던 아버지는 초주검이 되어 돌아와, 씻지도 않고 소파에 쓰러져 끙끙 앓았다. 서랍장을 뒤져 파스를 찾은 뒤 어깨 쪽에 파스를 덕지덕지 붙이는 아버지를 보고 나는 오십견을 의심했다.

욕설이 입안에서 뱅뱅 맴돌았다. 금 나노고, 은 나노고 몽땅 빼앗아서 지하철 밖으로 던져 버리고 싶은 마음뿐이었다. 아주머니 한 명이 아버지와 실랑이를 벌였다. 입안에 들어가는 물건인데 진짜 정품이 맞느냐, 중국산은 아니냐, 인체에 유해한 물질이 발견되면 보상은 가능한 거냐 등등. 하나에 천 원 꼴인 칫솔을 사면서 아줌마는 아버지를 파렴치한으로 몰아댔다. 그럴수록 아버지는 열과 성을 다해 대답했다. 스피노자가 내일 지구가 멸망하더라도 사과나무를 심겠다고 했다면 아버지는 내일 지구가 멸망하더라도 금 나노 칫솔 한 세트라도 팔고 말겠다는 불굴의 의지를 보이는 중이었다.

"거, 시끄럽게 하지 맙시다! 누가 지하철에서 물건 팔래?"

누군가 아버지를 향해 소리쳤다. 욕설까지 섞어 대며 아버지를 윽

박질렀다. 아버지는 머리를 더욱 조아렸다. 아버지의 머리는 애당초 세상에 태어나기를 바닥만 쳐다보고 살도록 세팅된 것 같았다. 그러면서도 끝까지 오천 원을 받기 위해 손님들 사이를 누볐다. 계속 사내가 아버지에게 욕설을 하며 신고하겠다고 협박하자 아버지는 남은 칫솔을 황급히 박스에 담았다.

"개새끼!"

한 치의 망설임도 없었다. 우렁차고 단단한 소리는 지하철 안의 소음을 종식시키기에 모자람이 없었다. 하필이면 아버지가 내 맞은편 여자의 무릎에서 칫솔을 거둬들이는 타이밍이었다. 아버지가 돌아봤고 아버지에게 호통치던 사내도 돌아봤다.

아버지는 나를 보고 그대로 굳어 버렸다. 수많은 인파 속에서 아버지만 보였다. 아버지는 평생 자신의 손으로 칫솔을 몇 번이나 샀을까? 칫솔을 들고 선 낯선 사내의 모습에서 나는 외로움과 서글픔을 읽었다. 내가 읽어 낸 감정은 나 또한 잊고 있던 분노와 연민을 단단하게 결합시켰다. 열여덟은 무엇이든 할 수 있는 용기를 갑작스럽게 낼 수 있는 나이였다.

"넌 이도 안 닦냐?"

나는 자리에 꼼짝 않고 앉은 30대 초반으로 보이는 사내에게 입을 벌려 가지런한 내 이를 보여 줬다. 어금니까지 꽉 물고 고개까지 오른쪽으로 35도 기울여 가며 이를 몽땅 드러냈다. 근처에 서 있던 내 또래 여자애들이 킥킥거리며 웃음을 참는 것 빼고는 모두들 사내와 나를 긴장 상태로 주시하고 있었다.

"뭐야, 어린놈이!"

"금 나노라잖아! 최첨단 과학 기술의 쾌거라잖아! 당신의 잇몸 건강을 생각해서 나온 거라잖아!"

사내가 나를 향해 다가왔다. 그러는 동안 나는 아버지에게 단 한 번도 눈길을 주지 않았다. 아버지가 창피해서가 아니었다. 아버지를 봤다간 내 용기가 사그라들 것 같았기 때문이었다. 사내가 내 멱살을 잡을 기세로 소리쳤다.

"이 자식 봐라? 일어서, 새끼야. 어른한테 말버릇이!"

"당신 말버릇도 만만치 않거든요. 이분 나이가 어떻게 되어 보이기에 막말이세요?"

여차하면 염소 털처럼 기른 사내의 수염을 낚아챌 요량이었다. 그러나 나의 계획은 수포로 돌아갔다. 아버지가 막아선 탓이었다. 사람들은 구경만 할 뿐이었다.

삐삑!

"거기 뭡니까?"

호루라기 소리와 함께 단속반이 떴다. 눈앞에서 벌어지는 일을 믿을 수가 없었다. 거실 청소만 해도 한나절을 잡아먹는 아버지가 눈 깜짝할 순간에 금 나노 칫솔을 회수해서 박스에 쓸어 담더니 당신의 몸체만 한 박스 꾸러미를 번쩍 들고 후닥닥 출입구 쪽으로 내달렸다.

역에 정차한 지하철 출입구가 열리기 직전이었고 사람들은 한 편의

추격 신을 보기라도 하듯 눈동자를 반짝이며 아버지의 움직임을 좇았다. 문이 열리고 나가려는데 박스에 고정시켜 놓은 테이프 끈이 끊어졌다.

"아, 칫솔!"

칫솔은 생명이요, 세상의 중심이리니! 단속반에게 잡히면 벌금이 제법일 텐데 아버지는 바닥에 나뒹구는 칫솔을 주워 담느라 정신이 없었다. 나는 아버지에게 향하는 단속반을 럭비 선수처럼 태클하고, 곧바로 출입구를 향해 몸을 날렸다. 남은 칫솔을 발로 쓸어 바깥쪽으로 찼다. 그리고 아버지를 일으켜 열차 밖으로 나갔다.

연애와 전동차 출입 시에 가장 중요한 것은 타이밍이라고, 우리가 밖으로 나가자마자 출입문이 닫히고 열차가 다음 역을 향해 움직였다. 아버지는 멀거니 나를 주시했다. 바닥에 나뒹군 것은 칫솔만이 아니었다. 아버지와 나는 바닥에 엉덩이를 퍼지르고 앉아 넋을 놓았다. 스크린 도어에 씌인 시가 눈에 들어왔다. 푸시킨이었다.

삶이 나를 속여도 진짜 인내해야 할까? 슬프고 열 받는데도 즐거운 날이 올 거라고 자기 최면을 걸면서 정신 수양이라도 해야 할까?

아버지는 바닥에 떨어져 있는 칫솔을 차곡차곡 챙겨서 박스 안에 꾸려 넣었다. 칫솔 개수가 맞지 않는지 몇 번이고 다시 세어 보더니 인상을 구겼다. 손잡이가 끊어지는 바람에 낭패였다. 어깨에 멜 수가 없는 탓에 짧은 팔로 박스를 간신히 안아 들었다.

"엄마는 모른다. 나중에 보자."

인파 속으로 사라지는 아버지의 뒷모습을 바라봤다. 아버지에게 필요했던 것은 내가 아니라, 좀 더 견고하고 구동력이 좋은 여행용 캐리어가 아니었을까. 누나가 유학길에 갖고 떠난 형광 오렌지 트렁크 같은 것 말이다. 자리를 털고 일어서는데 금 나노 칫솔 하나가 떨어져 있었다. 나는 칫솔을 집어 들어 바지 뒷주머니에 꽂았다.

즐거운 날은 오고야 말리니

열여덟이란 나이는 참으로 야릇하다. 누가 강요한 것도 아닌데 끝도 없이 자기 스스로를 증명하려고 안간힘을 쓰게 된다. 유찬은 여전히 학교에서 과장된 연애 상담으로 자신의 입지를 확고히 했고 유월은 쉬지 않고 각종 오디션에 도전장을 내밀고 있었다. 다경은…… 지켜본 바로 한결같은 애다. 눈으로 미적분을 노려보며 세상의 모든 공식을 한입 거리로 해치우고 있을 게 뻔했다.

호텔 ANG으로 향하는 길에 새털구름을 봤다. 새털처럼 가벼웠던 아기가 눈앞에 어른거렸다. 그날, 투숙객 중에 기자가 있었다. 덕분에 호텔 ANG은 의도치 않게 유명세를 타게 되었다. 사람들 사이에 어떤 심리가 작용하는지 알 길은 없었으나, 투숙객 이용률이 전달 대비 20퍼센트 상승했다는 리처드 기 아저씨의 말에 나는 보너스를 기대했다.

유찬과 유월이 토요일 아침부터 둘이 짠 듯 1분 간격으로 뭔가를 보여 주겠다며 나를 호출했다. 한동안 썸을 타는가 보다 했는데 둘은 이제 대놓고 '유유 커플'임을 드러냈다. 명 준은 이제 제 이름을 잊은 사람처럼 오디션을 볼 때면 본명 대신 '유월'이란 예명으로 활동했다. 유찬은 꿈꾸는 유월을 진심으로 좋아하는 듯했다. 유월의 한마디, 한마디에 눈빛이 깊어졌다. 공부는 싫어해도 독서를 즐기던 녀석은 문학 책에 수록된 〈양반전〉을 읽다가 제 꿈을 찾았다. 연암 박지원이 듣는다면 기겁할 노릇이지만 녀석은 〈양반전〉을 나름대로 각색해서 제 인생의 지렛대로 삼았다.

"양아치네. 남편이란 작자가 지는 실컷 할 것 다 하고 와이프보고 돈 벌어 오라니! '내 책 읽기가 아직 삼 년이나 남았소외다'라니! 와, 이 새끼…… 똥 싸네. 세상에 돈 벌기 좋아하는 사람이 몇이나 되겠어. 먹고 살려고 힘들어도 참고 일하는 거지."

호기롭게 큰소리를 친 유찬은 유월에게 고백하면서 그 흔한 꽃 한 송이 건네지 않았다. 셋이서 포장마차 분식집에서 순대볶음을 먹다 말고 가방에서 책 한 권을 꺼내 유월에게 보였다. 《공무원 한국사》였다. 책을 본 유월은 백순대를 바닥에 떨어뜨렸다.

"공무원이 돼서 예술가인 널 뒷바라지할 거야. 예술가들은 누군가의 희생으로 살잖아? 널 알기 전에 난 그들을 호구라고 생각했는데 이젠 아냐. 후견인이란 말, 완전 인정하기로 했어. 내가 너의 영원한 후견인이 되는 게 꿈이니까. 그러니까 준아, 너는 네가 좋아하는 노래해."

"그럼, 유찬이 너는?"

"난 네 옆에 찰싹 붙어서 같이 행복해지면 되지. 뭐가 걱정이라고."

나는 살면시 이토록 당황스러운 고백을 들은 적이 없었다. 하긴 남의 고백을 엿본 기억조차 없었다. 바닥에 떨어진 백순대만 뚫어져라 쳐다봤다. 안 그러면 코웃음을 칠 것 같았기 때문이었다. 의도치 않게 유유 커플 고백의 산증인이 되었다. 열여덟 나의 존재는 유유 커플의 증인으로 스스로를 증명한 셈이었다, 가짜 연애 놀이를 하고 있는 내가 말이다.

호텔 ANG의 입구에 들어서자, 〈사랑의 인사〉가 흐르고 나는 뜻밖의 얼굴에 호기심이 일었다.

"그 멍은 뭐냐? 유월이한테 펀치 먹었냐?"

녀석의 왼쪽 뺨에 보랏빛 멍 자국이 또렷했다. 유찬은 대답 대신 카운터 모서리를 손으로 가리켰다.

"모서리가 너한테 막 다가와서 펀치를 날린 거야? 그런 거야?"

유찬이 약 올리는 내게 욕하려는데 다시 〈사랑의 인사〉가 흘렀다. 카운터에서 손님을 맞던 유찬이 요금을 결제하고 객실로 향하는 젊은 커플의 등에 대고 한껏 친절한 목소리로 속삭였다.

"피임, 잘하세요."

등을 돌리고 있어서 보이진 않았지만 커플이 이 말을 들었다면 적잖이 열 받았을 거다. 나는 잠시 걸음을 멈춘 남자의 동작에 살짝 쫄았다.

"지난 번 욕조에 버려진 아기를 생각하면 이런 멘트 당연한 거 아니냐? 내가 우리 리처드 아저씨 앞에서 이렇게 입을 놀렸다가…… 아, 진짜! 그래서 도망치다가 내 발에 걸려 이렇게 심각한 부상을 입었지."

"오늘 유월이가 비장의 무기를 보여 준다고 했는데…… 넌 뭔 줄 알아?"

그러나 유찬은 내 질문을 들은 척도 하지 않고 휴대폰 액정에 제 얼굴을 비춰가며 요리조리 뜯어보느라 여념이 없었다.

"도흠아, 이 얼굴로…… 괜찮을까? 오랜만에 우리 유월이 만나는 건데."

나는 점잖은 태도로 녀석에게 조언을 해 줬다. 녀석의 휴대폰을 빼앗아 카운터 테이블에 얌전히 내려놓았다.

"기유찬, 잘생긴 얼굴 같은 건…… 유월이 몫이 아니야. 그건 걔도 잘 알 거야, 네 고백을 듣는 순간부터 말이지."

호텔 ANG의 지하 기계실이 유월의 연습실로 바뀌었다. 유찬이 사랑의 증거로 내놓은 것이었다. 리처드 기 아저씨 역시 여자 친구를 위해 연습실을 꾸며 준다는 유찬의 말에 '내 유전자가 아예 없지는 않구나'라는 말로 승낙했다.

유월이 새로 꾸린 밴드는 오지 않고, 대신 유월의 엄마가 나타났다. 인사를 건넨 내게는 시선도 주지 않고 유찬을 빤히 쳐다보더니 딱 한마디 했다.

"너구나, 우리 준이 망친 애가."

예니 지금이나 유월의 엄마는 아름다웠고 자기 할 말만 했다. 로비로 향하더니 리처드 기 아저씨를 불러냈다, 교양 없이 큰 소리로. 아주머니는 또다시 자기 할 말만 건넸다. 앞으로 한 시간 안에 사람을 보내겠다. 지하에 차린 말도 안 되는 물건들 모조리 없애겠다. 그 대가로 호텔 지하 기계실에 필요한 것이 있으면 말해 달라. 리모델링까지 해 줄 의향이 있다.

"아, 댁의 아드님이 내 딸 망치는 꼴은 더 이상 보고 싶지 않습니다. 여자애를 불러들일 데가 없어서……. 어디 이따위 숙박업소에!"

아주 짧은 순간, 허리케인이 휩쓸고 간 기분이었다. 리처드 기 아저씨는 큰 소리도 내지 않았고 그렇다고 비굴하게 굴지도 않았다. 그저 "알겠다"가 전부였다. 정중한 어투가 여느 손님을 대하는 것과 똑같았다.

녀석이 내 팔을 끌고 옥상으로 갔다. 도심 빌딩 사이로 해가 저물고 있었다. 옥상 난간에 기대어 우리는 나란히 소시지를 입에 물었다. 유월이 연습실에서 연습하다 옥상에 올라왔을 때를 대비해, 유찬은 간단한 간식거리를 옥상에 구비해 놨다. 치즈 맛 소시지는 언제 먹어도 맛있었다.

"아무래도 잘못 생각했어. 아빠를 욕 먹이고 모욕하게 하는 게 사랑이라면…… 안하는 게 낫겠다."

유찬에게 처음 보는 진심이었다. 사랑은 손가락 사이로 빠져나가는 모래알과 같은 거라고 애들한테 농담처럼 조언하던 녀석이었다.

"사랑하냐?"

"뭐?"

"사랑하네, 유월이."

유찬이 대놓고 한숨을 쉬었다. 건물 아래 골목길을 주시하는 녀석의 시선을 따라갔다. 강아지 한 마리가 동네를 어슬렁거리고 있었다. 녀석은 이를 악물고 강아지 한 번, 그리고 날 한 번 노려보았다.

"사랑? 그딴 거 똥개한테 물어 가라고 해!"

사랑의 값어치는 어떻게 환산하는 것일까. 어느 날은 생의 전부를 걸었다가, 또 어느 날은 똥개가 물어가도 상관없을 것으로 전락하기도 하니 말이다. 유찬이 구입한 《공무원 한국사》 교재값 정도가 적정선이려나.

"권다경은 어때?"

제 속이 멀쩡하다는 듯, 아무렇지 않다는 듯 녀석이 말을 돌렸다.

"아무것도 모르는 새끼."

유찬이 세 번째 소시지의 포장지를 이로 뜯다 말고 소시지를 내게 내밀었다. 나는 순순히 소시지 포장지를 벗겨 주었다. 그리고 속내를 나직이 털어놓았다.

"난…… 하아…… 미적분을 눈으로 푸는 애 옆에서 안절부절못해.

언제 정답을 물어볼지 모르거든."

엄마 말이 맞았다. 수학은 진리였고 어디에나 빠지지 않는 학문이었다, 심지어 연애에서조차.

"이도흠, 유월이한테 오늘 일…… 절대 말하지 마."

솔직히 나의 이상형은 운동을 잘하는 여자였다. 다경이 주짓수 운운하며 큰 소리 쳤지만, 어디까지나 호신용으로 억지로 배웠을 게 뻔했다. 비록 눈으로 미적분을 푸는 능력은 없지만 내 운동 신경 하나만큼은 다경에게 멋진 추억거리로 남겨 줘야 하지 않을까. 싫다는 내색을 대놓고 하는 다경을 데리고 동네 헬스장으로 향했다.

"이도흠, 그거 말고 저걸로 하자. 트램펄린."

크로스 핏으로 근육을 자랑하려던 계획이 물거품으로 돌아가는 순간이었다.

'얘가 공부만 해서 트램펄린은 안 해 봤나?'

하루 체험 프로그램으로 다경이 트램펄린 수업을 골랐다.

"좋아, 네가 하고 싶은 거 하자."

여유롭게 웃으며 하루 체험 프로그램을 신청했다. 30대로 보이는 남자 코치가 트램펄린 수업을 진행했다. 처음이라 뒤쪽으로 가려는데 다경이 내 손을 잡았다. 대놓고 애정 표현인가.

"앞에 서자. 뒤에 가면 안 보이니까."

스포츠 센터에는 나름의 룰이 있다. 초보는 가능하면 뒤쪽에 서서 어떻게 돌아가는지 분위기 파악을 먼저 할 것. 하지만 다경에게 이런 규칙을 바라는 것은 무리였다. 트램펄린에 올라가서 손목, 발목을 돌리고 있는 모양새를 보니 이미 의욕이 천장으로 치솟은 상태였다. 묻지도 않았는데 옆에 선 아줌마에게 "처음 왔는데 선생님 잘 보고 따라 하려고 앞에 섰어요" 하며 붙임성 좋게 말을 걸었다. 10대는 우리밖에 없어서 그런지 의도치 않게 관심의 대상이 되었다.

"공부해야지, 이렇게 겅중겅중 뛸 시간이 있어?"

아줌마 회원의 말에 다경이 야무지게 대꾸했다.

"체력이 있어야 공부도 하죠."

틀린 말이 아니라 질문했던 아줌마가 머쓱한 표정을 지었다. 그러나 곧 물러서지 않고 한 방 날렸다.

"공부 잘하니?"

다경이 입을 열기 전에 나는 대답을 가로챘다. 괜히 아줌마가 방향을 틀어 내 성적까지 궁금해하면 망신이니까. 나는 다경을 가리키며 부풀어 오르는 가슴을 애써 눌렀다.

"어머니, 이 친구가 전교 1등에 전국 모의고사 성적이 상위 1퍼센트라고 살짝 알려드립니다."

놀란 아줌마 회원을 뒤로 하고 트로트 메들리가 강습실 안을 메웠다. 처음 왔거나 말거나 코치는 인정사정없이 트램펄린 위를 날았다. 운동은 생각보다 고됐고 다경은 짐작한 것보다 인내와 끈기의 아이콘이었다. 근육을 과시하기는커녕 내 근육은 아무짝에도 쓸모없다는 게 증명될 뿐이었다. 다경은 모든 노래의 곡에 맞춰 동작 순서를 바로 외워 버렸다. 머리가 좋아야 수족이 고생을 덜 한다는 누나의 말이 사실임이 확인되는 순간이었다. 근육이 빵빵한 내 팔다리는 음악을 따리갈 민큼 유연하거나 민첩하지 못했다. 몸치인 것만 고스란히 드러낸 셈이었다. 나는 필사적으로 팔다리를 움직였다. 그래 봤자 한 박자씩 늦었다. 때늦은 타이밍이었다.

"마지막 곡입니다! 끝까지 파이팅!"

코치는 분명 띠동갑 정도의 사람인데 트램펄린 위를 깃털처럼 휘젓고 다녔다. 트램펄린 탄성을 이용하는 것도 잠시, 내 허벅지를 공중으로 끌어당기는 것조차 힘에 부치기 시작했다. 음악이 끝나자 땀범벅이 된 탓에 몸에서 시큼한 냄새가 진동했다. 몇몇 회원은 신음을 했고 트램펄린 위에 벌렁 눕기도 했다. 거친 숨소리 한 번 내지 않고 열중하던 다경도 트램펄린 위에 다리를 쭉 뻗고 앉았다. 쓰러지고 싶은 마음이 간절했지만 후들거리는 다리를 들키지 않으려고 힘을 주었는데 내 통제에서 벗어난 엉뚱한 근육이 움찔거리고 말았다. 옆에 다경이 있었다.

방귀였다. 녀석은 내성적이었으며 한없이 약해빠졌다. 살면서 내 괄약근이 이토록 하찮게 느껴지고 원망스럽기는 처음이었다. 다경과 눈이 마주쳤다. 막다른 골목에서 귀신을 만나도 지금의 내 처지보다는 떨리지 않을 텐데. 차라리 "이게 무슨 소리야?"라고 다그치기라도 했으면 마음이 편했을 것을, 호들갑이라도 떨었으면 능청이라도 떨면서 넘어갈 텐데 다경의 얼굴은 무섭도록 무표정이었다. 저 무채색 표정이 더 공포스러울 지경이었다.

"이도흠, 적어도 네 괄약근이랑 대장은 정직하네."

평범한 데이트를 거부한 내 실수였다. 기껏해야 트램펄린이라고 생각한 것이 오판이었다. 트램펄린 운동 소모량은 어마어마했다. 센터를 나오는데 코치가 "등록할 거지? 또 보자"라고 했다. "글쎄요"라고 했더니 날 보며 하는 말이 "처음엔 힘들어서 괄약근이 종종 풀어지기도 해"였다. 하마터면 쌍욕을 할 뻔했다.

그냥 남들처럼 평범하게 극장 가서 영화 보고 카페나 갈걸, 무슨 부귀영화를 누리겠다고 특별한 경험을 운운했는지 나도 웃긴 놈이다. 가짜 연애에 특별한 추억이라니!

"이도흠, 너 아까부터 왜 자꾸 한숨 쉬어?"

"하아, 아무것도 아냐."

땀을 그렇게 흘렸는데 마주 앉아 시원한 음료수 한 잔 마실 시간이 없었다. 다경의 학원 스케줄 때문이었다. 짜증이 나려고 했다. 동시에 같이 있는 시간이 감질나는 것 같다는 생각을 하는 내가 우스웠다.

"아까 피식 방귀 때문에 그래?"

"아니라니까!"

머릿속이 복잡했고 가슴은 체한 것처럼 답답했다. 애써 모른 척하고 있었으나 나는 분명 변하고 있었다. 섣부른 복수심에 싹이 돋고 줄기가 자라더니 의도치 않게 꽃을 틔우려는 욕심이 머리를 들었다.

다경이 돌아보지도 않고 말했다.

"이미 사라지고 없는 것에 미련 떨지 마."

방귀는 흔적도 없이 사라졌다. 다경의 걸음이 조금씩 느려지고 있었다. 다경답지 않은 속도였다. 나는 혹시나 하는 마음에 물었다.

"너, 학원 가기 싫어?"

"응."

그래서 안 갈 거냐는 말은 되묻지 않았다. 답은 어차피 정해져 있을 테니까. 다경이 동네 놀이터를 둘러싼 낮은 담벼락 위에 올라섰다. 나는 얼른 손을 내밀었고 기다렸다는 듯 다경이 내 손을 잡았다. 과하지도, 모자라지도 않은 악력이었다. 나에게 딱 적당한 악력, 내가 잡고 있기에 전혀 부담 가지 않는 그런 악력이었다.

"이도흠, 손 놔 봐. 내가 체조 선수처럼 멋지게 걸어 볼게."

트램펄린 위에서 열심히 몸을 움직이던 다경이 떠올랐다. 손을 놔도 이 애는 제 앞길을 차분히 잘 걸어갈 것이다. 그런데 나는 자전거를 가르치는 사람처럼 손을 놓지 못해 바들거렸다. 다경이 그런 내 머리를 쓰다듬었다. 담벼락 위에 올라서서 날 보고 웃는 이 애의 표정이 좋았다. 그래, 한 번쯤 믿고 손을 놓자.

"간다!"

조심스러운 걸음을 예상했던 나의 믿음을 깨고 다경이 담벼락 위를 질주했다. 그러고는 담 아래로 떨어졌다. 비명마저 짧고 간결했다.

하필이면 병원 건물 엘리베이터가 점검 중이었다. 처음 만났을 때도 목발을 짚고 있더니 또 목발을 짚게 생겼다. 등에 업힌 다경이 키득거렸다. 방금 전까지 아프다고 징징대더니 떨어지면서 머리라도 다쳤나 싶었다. 하지만 분명 남벼락에서 떨어지는 순간 다경의 모습은 휘청거리는 정도였다.

"야, 웃지 마. 너, 엄청 무겁거든?"

"너야말로 웃기지 마. 나 55킬로그램밖에 안 나가거든?"

다경의 대답에 계단 난간에 몸을 기댔다.

"야, 권다경. 55킬로그램? 그런데 나한테 업혀?"

다경이 내 왼쪽 귀를 잡아당겼다. 3층 왼쪽 복도로 가라는 지시였다. 왼쪽으로 돌자, 내과와 정형외과를 함께 진료하는 병원 간판이 눈에 들어왔다.

"이도흠, 너 병원 가서 엑스레이로 머리 사진 찍자. 여고생 몸무게 55킬로그램은 아주 정상적이야, 건강하고."

그러면서 160센티미터 신장에 40킬로그램대를 유지해야 여고생이라고 믿는 사람은 남녀노소 국적 불문 사기성이 농후한 인간이라고 주장했다. 병원에 들어서자, 대기실에 있던 사람들의 시선이 우리에게 쏟아졌다.

"내려."

내 말에 다경이 내 목을 끌어안았다.

"싫어. 남친한테 진찰실까지 업혀 들어가는 게 내 소원이야."

살면서 이런 괴상한 소원은 들어본 적이 없다. 진찰실까지 20미터도 되지 않으니 소원 한 번 들어 주기로 했다. 진료 순서를 기다리려고 빈자리가 없는지 주위를 둘러보다 나는 얼어붙고 말았다. 아버지였다. 내과외 정형외과 진료를 함께 보는 병원은 대기실도 함께 사용했다. 놀란 나머지 다경을 받치고 있던 손에 힘이 풀렸다.

"야아, 이도흠!"

다경이 무방비 상태로 바닥에 떨어질 뻔했다. 다행히 다치지 않은 발을 딛고 내 팔을 붙들어 넘어지지는 않았다.

"친구니?"

당황한 나와 달리, 아버지는 여기서 날 기다리고 있었던 사람처럼 태연했다. 아버지는 안 보는 척하면서 다경에게 재빨리 시선을 주었다. 눈치 빠른 다경이 아버지의 시선을 놓칠 리가 없었다. 아버지 앞에 다가서더니 허리를 숙여 인사를 했다.

"안녕하세요? 권다경입니다."

"아, 권다경 친구…… 도흠이와 같은 학교 친구인가?"

"아니에요."

어색한 대화를 얼마나 이어가야 하나 안절부절못하는데 호출 모니터에 다경의 이름이 떴다. 아버지와의 대화가 중단되어 다행이다 싶었는데 다경이 내 옆구리를 찔렀다.

"약속했잖아. 빨리 업어서 데려다줘야지."

"야, 너 미쳤냐?"

너무 당황한 나머지 다경에게 유찬에게나 쓰는 말투를 내뱉었다. 그러나 다경은 아랑곳하지 않았다. 오히려 기분 좋은 듯 이를 드러내며 웃더니 아버지한테 쓸데없이 설명했다.

"제가 발을 다쳐서 도흠이가 진찰실까지 업어 주기로 약속했어요, 아저씨."

나는 아버지가 단호한 표정으로 '내 아들, 그만 부려라'라고 말하리라 기대는 안 했지만 그래도 좋은 말로 '조심히 진찰실로 살살 걸어서 가렴?' 할 줄 알았다.

"그래, 약속은 지켜야지. 업어라, 도흠아."

아버지가 이렇게 위트 넘치던 사람이었던가. 말이 떨어지기가 무섭게 나는 다경을 업었다. 진찰실로 들어서는데 다경이 내 귓가에 속삭였다.

"아버지, 멋지시다…… 생각했던 것보다……."

의사 선생님은 50대 초반의 남자였다. 침대에 다경을 내려놓자마자 쉬지 않고 진찰과 상관없는 말을 건넸다. 남자 친구가 최고다, 운동했니, 여기까지 업고 온 거야, 여자 친구 엄청 좋아하는구나……. 당최 어떤 인과 관계가 있는 것인지 알 수 없는 논리였다.

"권다경, 나 먼저 나갈 테니 진찰 받고 걸어 나와."

진찰실을 나서는데 등 뒤에서 두 사람의 대화가 들렸다. 먼저 나간다는 내 말에 의사 선생님이 다경에게 남친이 널 덜 좋아하나 보다란 밑도 끝도 없는 소리를 했다. 문을 닫는 순간, 다경과 눈이 마주쳤다.

다경은 웃고 있었다. 눈꼬리가 반달로 접혀 있었다.

"기다릴 만큼 절 사랑하지는 않나 보죠, 뭐."

맞는 말이었다. 부정하거나 왜 그렇게 생각하느냐고 반문할 수 없는 말이었다. 나는 문을 닫았다.

아버지는 여태 가지 않고 의자에 앉아 있었다. 달라진 점이 있다면 손에 처방전을 받아 들고 있었다는 것뿐이었다. 나는 아버지 옆에 가서 앉았다. 우리 부자는 따로 말하지 않고도 다경을 기다렸다. 나야 다경을 기다리는 것이 당연하다지만 아버지는 왜 기다릴까. 친구라고 말한 다경이 정말 단순한 친구인지, 아들의 여자 친구인지 궁금했던 것일까.

"어디 다치셨어요? 아니면 어디 아프세요?"

이제야 아버지 걱정을 하다니 나도 효자는 아닌 모양이다. 하긴 효자였으면 내신 성적이나 올리지, 이러고 다닐 이유가 없지.

"아, 고지혈증. 엄마한텐 비밀로 해라."

처방전을 든 아버지의 손이 미세하게 떨렸다. 처방전이 흔들렸다.

"그런데 아버지. 이 병은 아줌마들한테 많이 생기지 않아요?"

"고지혈증에 남자 여자가 따로 있냐? 그냥 운 나쁘면 걸리는 거지."

아버지 손에 들린 처방전을 가만히 바라보았다. 우리는 어깨를 나란히 하고 앉아 처방전을 들여다보았다. 달랑 한 장짜리 종이를 쳐다보면서 아버지는 눈을 몇 번이나 끔쩍거리며 고개를 가로저었는지 모른다.

"죽을 때까지 약을 먹어야 한다는데…… 아, 진짜……."

나는 아버지에게 어떤 위로의 말을 건네야 할까 고민했다. 아버지의 나이가 현실로 다가오는 찰나였다. 손쉽게 나를 들어 무등을 태워 주는 아버지는, 더 이상 없었다.

"괜찮으실 거예요. 약만 먹으면 건강하게 지낼 수 있어요."

"아니, 아니. 죽을 때까지 약값이 나가잖니. 네 엄마가 알면 난리날 건데 말이지."

웃어야 할지, 울어야 할지 모를 순간이 살면서 한두 번은 온다는 리처드 기 아저씨의 말을 이해할 수 없었던 때가 종종 있었다. 그런데 오늘이 바로 그날이란 확신이 들었다. 그리고 오늘 나는 웃기로 결정했다. 처방전을 받아 들고도 위트 넘치는 멘트를 날리는 아버지가 예전의 모습을 되찾은 것만 같았기 때문이었다. 담벼락 위를 위태롭게 올라섰던 다경의 손을 잡아 줬듯이 처방전을 꼭 쥔 아버지의 손도 잡아 볼까, 하는 마음이 피어올랐다. 내 손을 마주 잡는 아버지의 악력도 열여덟의 내가 감당할 수 있겠지.

진찰실 문이 열렸다. 아버지가 처방전을 바지 주머니에 구겨 넣더니 내 등을 툭 쳤다.

"가서 업어라."

달밤에 우리가 바라는 건

독종이 돌아왔다. 예상치 못한 귀국이었다. 엄마가 저녁 식사 시간에 때맞춰 집으로 돌아왔다.

"그렇게 안 봤는데 아무래도 남자가 생긴 모양이야. 일 그르치기 전에 얼른 점수 만들어 놓고 손 떼야겠어. 그냥 바로 그만두기에는 내 경력에도 마이너스고 다경이가 얼마짜리인데……."

"엄마, 좀 너무하다."

누나가 엄마에게 한마디 했다. 독종이 이런 인정 넘치는 말도 할 줄 알다니 의외였다. 엄마는 누나에게 눈길도 주지 않고 가지나물을 맛있게 먹었다. 아버지가 옆 단지 입구에 새로 생긴 반찬 가게에서 사 온 나물이었다.

"너무하긴 누가 너무해? 그 돈으로 너 유학 가고 로스쿨까지 다 마친 거야. 로펌은 정했어? 아무래도 뉴욕이나 워싱턴 쪽 연봉이 낫지?"

엄마가 집으려는 반찬 그릇을 누나가 딴 곳으로 치웠다. 엄마는 그런 누나를 '얘가 왜 이래? 교양 없게.' 하는 표정으로 쳐다봤다. 누나는 미묘하게 달라져 있었다.

"나 뉴욕도, 워싱턴도 안 가."

"왜? 더 좋은 자리가 있어?"

"응."

더 좋은 자리가 있단 누나의 대답에 엄마는 밥숟갈을 놓았다. 누나의 곁으로 자리를 옮기더니 누나를 가슴에 안았다.

"어디냐, 규희야?"

"텍사스."

엄마는 텍사스에 대해 얼마나 알고 있을까? 누나가 텍사스를 언급하자 엄마는 석유 회사냐고 물었다. 회사 연봉이 얼마나 되느냐고 묻는 엄마에게 누나는 단호한 목소리로 말했다.

"나, 결혼하려고."

"뭐? 결혼?"

누나의 폭탄 발언에 엄마는 전의를 잃었다. 엄마의 동공에 어리던 희망과 기대가 한순간에 무너지는 순간이었다. 반평생을 허덕이며 투자해서 이제야 원금 회수를 하려나 싶었는데 자신이 투자한 것이 깡통, 부도 처리된 사람처럼 엄마는 일어서지 못했다.

"나랑 같은 로스쿨을 나왔어. 인권 변호사야."

엄마의 마음을 조금이라도 위로하려고 했던 것일까. 누나는 휴대폰을 우리에게 내밀었다. 아프리카계 미국인이 흰 치아를 드러내며 웃고 있었다. 건강해 보이는 남자였다.

"인권 변호사면…… 나중에 큰일을 할 수도 있겠네."

가지나불 접시를 엄마 쪽으로 슬쩍 밀어 놓으며 아버지가 말했다. 엄마가 아버지를 힘껏 노려보더니 휴대폰을 누나 쪽으로 확 밀어 버렸다.

"변호사라고 다 같은 변호사인 줄 알아? 이 맹추야!"

"그래도 어쩔 수 없어. 우리는 서로 사랑하니까."

사랑이라는 단어가 우리 집 독종의 입에서 나올 것이라고, 나는 상상조차 해 본 적이 없었다. 그러나 막상 누나의 입에서 흘러나온 사랑은 여느 것과 똑같았다.

"에디랑 나, 동거하고 있어. 함께 일하고 서로 도우면서 열심히 살고 있어. 난 엄마를 사랑하니까 직접 말하고 싶었거든."

엄마는 몸을 비정상적으로 부들부들 떨더니, 악을 썼다.

"나가! 넌 내 딸 아니야!"

누나는 나가지 않았고 에디가 자신의 명예나 부가 아닌 다른 사람의 어려움을 헤아릴 줄 아는 진짜 남자라고 덧붙였다. 흑인 인권 변호사 에드워드 테일러, 누나의 남자였다. 독종이라 불리던 누나를 미묘하게 변화시킨 사람이었으나 엄마의 사위가 될 남자는 아니었다.

엄마는 누나의 방에서 트렁크를 끌고 나와 현관문 밖에 내놓았다. 단호한 얼굴로 누나를 바라보더니, 누나를 억지로 일으켜 현관 밖으로 밀어냈다. 아버지가 말렸지만 엄마는 미친 사람처럼 악쓰고 아버지까지 때리며 발버둥쳤다. 결국 신발도 신지 못한 채, 누나가 쫓겨났다. 스스로 나갔다고 봐야 옳았다.

현관 신발장 앞에 가지런히 놓인 누나의 에나멜 구두가 반짝거렸다. 누나는 늘 운동화만 신었다. 구두 신은 누나를 본 적이 없었다. 남자 친구가 사 줬을까? 집, 학교, 도서관을 맴돌 때 누나가 신고 다니던 낡은 스니커즈가 눈앞에 어른거렸다. 하지만 나는 누나의 스니커즈가 그립지 않았다. 아마 누나도 나와 마찬가지일 거란 생각이 들었다.

유월이 인형 자판기 앞에서 잃은 돈이 만 원을 넘었다. 나를 보자마자 '왔어?'라고 한마디 하더니 무언가에 홀린 사람처럼 인형 뽑기에 열중했다. 불러낸 데에 따로 이유가 있겠지만 오늘따라 유월은 더 이상했다.

"뭘 갖고 싶은 거야?"

손놀림을 멈추지 않은 채 유월은 인형 뽑기 기계에 코를 박고 열중했다. 그러나 조이스틱을 움직이는 손은 떨고 있었다.

"펭수. 그리고 알람 시계."

"너, 의외로 욕심이 많다. 하나도 못 건진 주제에 펭수랑 알람 시계, 둘 다 노린다고? 포기해. 지금 이런 식으로 해 봤자 아무것도 못 가져, 넌."

158

"내가 왜?"

유월의 목소리가 날카로웠다. 평소와 다른 높이의 목소리는 모서리가 많았다.

"순아, 너…… 펭수 갖고 싶은 거 아니잖아. 무슨 일이야?"

유월의 얼굴이 점점 흐려지더니 주머니를 뒤져 돈을 꺼내 자판기에 쑤셔 넣었다. 한때 인형 뽑기 달인이라고 자칭하던 유월의 실력이 증발한 것이 아니라면 유월의 심경에 뭔가 큰 문제가 생긴 것이 틀림없었다.

"이도흠, 유찬이한테 딴 애가 있나 봐."

유월은 포기하지 않고 펭수를 노렸다. 그러나 펭수는 묘하게 생긴 강아지에 걸려 구석에 처박혀 있었다.

"애가 하루아침에 생기는 놈도 있냐?"

농담이었다, 번지수를 잘못 찾은.

"설마…… 그건 아닐 거야. 내가 녀석을 아는데……."

"야, 이도흠! 친구라고 편들지 마. 기유찬보다 먼저 나랑 친구였잖아. 그럼 내 편을 들어야지. 내 눈으로 기유찬 새끼가 딴 여자애랑 분식점에서 나오는 거 봤단 말이야."

"하, 분식 같이 먹었다고 모두가 사랑하는 건 아…… 아니고."

버벅거리는 나와 달리 유월은 심호흡을 크게 하더니 노련한 손길로 조이스틱을 움직였다. 그동안 자기 연락도 피하고 만나기로 해 놓고, 약속도 까맣게 잊고 바람도 맞혔다고 했다. 나는 이렇게 유월 혼자 추측하고 상상하면서 지옥 속을 헤매는 것보다 차라리 유찬에게 직접 가서 따지라고 충고했다. 그러자 유월이 뜻밖의 반응을 보였다. 입술에 핏물이 맺히도록 깨물더니 기껏 한다는 소리가 "예쁘겠지?"였다.

"이도흠, 너 진짜 몰라?"

머릿속에 섬광처럼 어떤 기억이 떠올랐다. 그러고 보니 유찬은 지난 연애를 끝으로 분식을 끊었다. 애들은 유찬을 세기의 난봉꾼인 것처럼 여겼지만, 그건 사실과 달랐다. 가볍게 여자 친구를 사귀기는 했지만 단 한 번도 진심인 적이 없었으니 상대에게 상처를 줄 일도 만들지 않았다. 그런데 작년 봄에 끝낸 연애는 달랐다. 매번 젠틀하게 상대를 먼저 찼던 유찬이 처음으로 차인 연애였다.

"야, 이도흠. 걔 마지막 말이 뭔지 아니?"

그 당시 유찬이 내게 물었었다. 사실대로 말하자면 '마지막 말'이 아니라 여자애가 유찬을 '차 버린 이유'였다. 유찬은 이별의 서글픔과 차였다는 굴욕감, 먼저 차 버리지 못했다는 후회와 분노로 몸을 부르르 떨었다. 그 와중에도 자신을 찬 여자애의 목소리를 흉내내며 말했다.

"나, 이제 분식은 질렸어."

이렇게 괴상한 이별 이유는 들어 본 적이 없었다. 여자를 사귀고부터 유찬은 분식을 즐길 줄 알게 되었다고 했다. 여자애들이 좋아하는 음식은 분식집에 다 있다고.

"분식이라니?"

그때 나는 조심스레 유찬에게 물었다. 마음의 상처를 가능한 건드리지 않으려고 했으나 '분식'이라는 단어가 유찬에게 미치는 파장은 가히 엄청났다. 죄 없는 가로수를 발로 계속 걷어차며 유찬이 부르짖었다.

"분식이 질렸다고, 연하가 사 주는 분식이 지겹대. 돈 많은 대학생 놈을 만나겠다, 이거야! 나 같은 고등학생이 사 주는 분식 대신 대학생이랑 패밀리 레스토랑을 가겠다, 이 말씀이야!"

유찬이 사귀었던 누나가 대학생 오빠를 만난 것이다. 그 뒤로 유찬은 분식집이라면 질색했다. 처음으로 마음을 줬던 여자와의 연애가 분식 때문에 망했다고 생각하는 듯했다.

유월은 끝끝내 펭수도, 알람 시계도 뽑지 못했다. 우리 둘은 자판기 옆에 나란히 쪼그리고 앉아 아무 말도 하지 않았다. 그저 뜨거운 태양 아래 익어 가기를 바라는 사람들처럼 가만히 땀만 비 오듯 쏟았다. 엄마는 주말 특강 학원을 보낸 내가, 일요일 한낮에 길거리에서 땀을 흘리고 있는 줄은 모를 것이다.

나는 문구점으로 들어가 차가운 포도 맛 슬러시를 샀다. 유월은 내가 포도 맛 슬러시를 건넬 때까지 제자리에 앉아 넋 놓고 인형 자판기를 바라만 보았다.

"이도흠, 이 세상에 가짜는 없어."

"가짜?"

"누군가를 만나서 마음을 나누는 일에 가짜는 존재하지 않아. 그러니 가짜 연애 놀이 따위 그만둬. 틀림없이 후회하게 될 거야, 너."

다경을 두고 하는 소리였다. 살얼음이 입안에서 부서졌다. 이가 시렸다. 그러나 서늘해지는 것은 입안이 아니라 심장이었다.

엄마가 학원 앞으로 찾아왔다. 사거리 건너편 공원 입구에서 기다리겠다는 문자 메시지를 받는 순간, 그냥 바람 맞힐까 잠깐 고민했다. 나무 그늘에 앉아 있는 엄마는 그냥 여느 엄마와 다를 바 없는 중년 여자였다. 무표정한 얼굴이 얼핏 동상처럼 보였다. 엄마는 마주 잡은 두 손을 풀지 않고 바닥만 내려다보고 있었다. 만나는 장소가 학교였다면 엄마의 행동을 통해 나는 두 가지 경우를 유추해 냈을 것이다. 첫째는 담임이 보여 준 나의 모의고사 성적에 적잖이 충격을 받은 것, 둘째는 고3까지 두고 볼 것 없이 학교를 그만두게 해야 하나 말아야 하나 고민하고 있는 것. 지금의 엄마는 낯설게 느껴질 만큼 지쳐 보였다.

나는 엄마를 부르지 않았다. 엄마가 앉아 있는 벤치 옆에 가서 섰다. 내 운동화를 본 엄마가 말없이 자리에서 일어나 앞장섰다. 엄마와 보폭을 맞춰 걸었던 적이 있던가? 기억이 나질 않았다.

"쭈쭈바 먹을래?"

의외의 질문이었다. 다섯 살 무렵, 나는 쭈쭈바면 뭐든 통하는 어린애였다. 문구점 앞으로 간 엄마는 냉장고를 살폈다.

"없네? 아저씨, 여기 딸기 맛 쭈쭈바 없어요?"

강산이 변한 지가 언제인데 딸기 맛 쭈쭈바라니! 엄마가 나의 어릴 적 기호 식품을 기억하고 있는 것 자체가 놀라웠다.

"난 이제 쭈쭈바 안 먹어."

"왜?"

"다섯 살짜리가 아니니까. 나 열여덟이야."

딸기 맛 쭈쭈바가 그리웠지만 세상은 변했다. 나는 메론 맛 아이스크림을 골랐다. 연둣빛 직사각형 하드를 한 입 깨물었다. 입안이 얼얼했다. 엄마는 예나 지금이나 똑같이 팥이 들어간 아이스크림을 골랐다. 아이스크림 포장지와 씨름을 한 끝에 엄마가 팥 아이스크림을 천천히 씹었다. 메론 맛 아이스크림을 거의 다 먹었을 무렵, 엄마가 물었다.

"이도흠. 누나, 어디 있는지 알지?"

누나는 독종이라는 별명에 맞게 그날 집을 나간 뒤로 소식이 없었다. 여권도, 지갑도 몽땅 집에 놔두고 그야말로 증발해 버렸다. 화가 난 엄마가 현관 밖에 내놓았던 형광 오렌지 트렁크도 문 앞에 그대로였다.

나는 고개를 가로저으며 다 먹은 하드 막대기를 휴지통에 던졌다. 노 골이었다. 탄식이 입 밖으로 자동적으로 흘러나왔고, 엄마 역시 눈짓으로 나에게 쓰레기를 주워 넣으라는 사인을 보냈다. 나는 터벅대고 걸어가 쓰레기를 주워 휴지통에 버렸다. 달콤한 메론 향 때문에 벌이 날아들었다. 크게 손을 휘저어 벌을 쫓았다.

"네 누나 꼭 봐야 해. 그냥 놔두면 안 돼. 규희 인생 망치는 일이야."

엄마는 누나에게 할 넋두리를 나에게 풀었다. 엄마의 목소리는 점점 높아졌다. 벌이 두어 마리 더 나에게 달려들었다. 달달한 메론 향에 취한 벌이 내 곁에서 떠날 줄 몰랐다.

"남자 친구 좋은 사람이라잖아. 둘이 사랑한다잖아. 동거하면서 잘 살고 있다잖아. 서로 사랑한다는데 뭐가 누나의 인생을 망친다는 건데?"

"너까지 이럴래? 내가 이 꼴을 보려고 네 누나를 그렇게 힘들게 공부시킨 줄 알아?"

결국 그거였다. 투자에 비해 결과가 엄마 마음에 들지 않는 것. 누나의 학업 성적은 결국 좋은 혼사를 위한, 사회적으로 누구나 좋은 직업이라고 인정할 만한 남편감을 선택하는 조건이었던 셈이었다. 엄마는 당신만의 리그에 자식을 걸고 게임을 했던 도박꾼이나 다름없었다.

"엄마, 사랑은 눈이 아니라 마음으로 보는 게 맞을 거야. 누나는 그 마음의 눈을 제대로 뜬 거고."

엄마가 다 먹지도 않은 아이스크림을 쓰레기통에 넣었다. 벌 하나가 계속 내 주위에 맴돌았다. 그리고 귓가에 '붕' 소리를 내며 달려들었다. 말벌이었다.

"앗!"

따끔했다. 애써 통증을 무시하고 누나를 생각했다. 사랑은 눈이 아니라 마음으로 본다는 말. 누나가 영문판으로 읽던 셰익스피어 작품집에 있던 글귀였다. 영어에 흥미가 없던 나를 위해 배우처럼 읽어 주고 해석까지 해 줬던 시절이었다. 내 입에서 독종이냐, 라는 소리가 나오기 선의 누나…… 이 문장이 〈로미오와 줄리엣〉에서 나온 것인지, 〈맥베스〉인지, 〈말괄량이 길들이기〉였는지 기억나지 않았지만 분명한 것은 그때도 누나의 영어 발음을 들으며 '아, 누나는 어쩌면 외국인과 결혼할지도 모르겠다'라고 짐작했다는 사실이었다.

벅찬 사랑의 감정 때문일까? 호흡이 가빠 오고 눈앞이 캄캄해졌다. 사랑은 마음으로 보기에, 날개 달린 사랑의 신 큐피드가 앞을 보지 못하는 존재로 그려져 있는 것인가 보다.

"이도흠, 너 왜 그래?"

엄마가 나를 붙잡았다. 목덜미가 따끔하더니 호흡이 계속 가쁘고 정신이 혼미해졌다. 누나가 보여 준 사랑의 용기에 크게 놀랐나 보다. 몸이 뒤로 넘어갔다. 바닥으로 곤두박질치며 내가 마지막으로 떠올린 것은 누나의 행방이나 엄마의 놀란 얼굴이 아니라 셰익스피어였다.

'사랑은 눈이 아니라 마음으로 보는 것이다.'

셰익스피어는 선수였을 게 분명했다. 마음으로 봐야 모든 것이 제대로 보일 거야, 사랑이란 그런 거지……. 이런 멘트로 모든 여성에게 작업을 성공시키지 않았을까? 셰익스피어가 흑인이었다면 꼭 에디의 얼굴을 하고 있었을 거란 생각이 들었다.

말벌에 쏘였을 뿐인데 유찬은 마치 나를 임종을 앞둔 노인처럼 대했다. 사실 죽다가 살아난 것은 맞았다. 벌침 알레르기가 있었던 모양이었다. 혀와 목까지 마비 증세가 온 데다가 급기야 쏘인 곳은 목덜미와 어깨 근처였는데 눈덩이까지 부풀었다.

"이 새끼, 얼굴이 왜 이래? 너, 복서야?"

유찬이 울었다. 처음에 나는 나 때문에 녀석이 눈물을 흘리는 줄 알고 살짝 감동했다. 나는 유월이 냉찜질을 위해 얼음 팩을 사러 잠깐 나갔다고 말할 수 없었다. 밑도 끝도 없이 녀석은 엄마를 저주한다고 했다. 그런데 그 마음을 계속 품고 있기가 쉽지 않다고 울먹거렸다. 이미 나 따위는 안중에 없었다.

"적어도 지난주까지만 해도 엄마를 원망하지 않았어. 아빠가 늘 말했거든. 엄마가 돈을 들고 나가 다행이라고…… 돈 없어서 밥 굶거나 거리를 배회하지 않아서 천만다행이라고. 그 사람은…… 적어도 사랑하는 아들을 남겨 준, 좋은 여자라고…… 도흠이 너도 알지? 우리 아빠가 군대 제대하고 러브호텔에서 아르바이트 하다가 거기서 엄마를 만난 거. 러브호텔에서 장기투숙하며 살다가 나를 낳고. 나는 러브호텔에서 태어나고 자랐어. 어떤 사람들은 러브호텔하면 색안경을 끼고 보는데…… 아빠는 이 러브호텔에서 엄마 없이 날 기르고 가르치면서 평생 엄마를 기다렸던 거야. 나한테는 말하지 않았지만 언젠가 엄마가 돌아올지도 모른다고 아빠는 믿고 있었던 거지. 그래서 호텔 경영하는 것에 자부심을 갖고 있던 거라고. 근데…… 그런 엄마가 그런 아빠보고 바보짓을 했다면서…… 새 남자를 데려왔어. 결혼할 사람이래."

아버지가 보는 수목 드라마가 현실에서 재방송되는 기분이었다. 막장과 신파는 이제 우리 일상에까지 파고들었나?

"왜 그 얘길 여기서 하는 건데? 내 꼴 봐라, 눈 부어서 앞도 안 보이는데."

녀석이 코를 들이마셨다. 코맹맹이 소리를 했다.

"미친…… 네 꼴을 보니까…… 그날, 그 여…… 엄마 배웅하고 한참 뒤에 들어온 아빠 얼굴이…… 꼭 이도흠, 네놈 얼굴과 똑같잖아."

결국 내가 죽일 놈이었다. 혀와 목 마비가 간신히 풀리고 나니, 이젠 심장이 굳어지려고 했다. 유찬이 혼자 괴로워하는 동안, 나는 눈치조차 못 채다니! 어떤 위로의 말을 건네야 하나 망설이는데 녀석이 내 침대에 엎드려 얼굴을 쿠션에 파묻었다.

"도흠아, 유월이 보고 싶어. 이런 일, 아무것도 아니라고 위로해 줄 텐데…… 그냥 그날 일 때문에 너 못 만나는 거다, 안 만나는 거다, 사실대로 말할까?"

침대 쿠션에 얼굴을 파묻어 유찬의 목소리가 짓눌렸지만 방문을 열고 들어온 유월이 알아듣기엔 충분했다.

"그게 다 무슨 소리야? 기유찬, 너 똑바로 말해."

퉁퉁 부은 눈으로도 유월이 얼마나 화가 났는지, 유찬이 얼마나 당황했는지 선명하게 보였다. 두 사람 사이에서 살얼음판 같은 분위기를 나름 녹여 보려던 나는 "입 다물어!"란 유월의 말 한마디에 벽을 보고 누웠다. 녀석은 호텔 ANG으로 유월의 엄마가 왔던 일, 그리고 아무리 유월에게 진심이라고 해도 아버지를 속상하게 하면서 만나고 싶지 않다고, 미안하다고 했다. 유월이 얼음 팩을 유찬에게 던지는 소리가 났다. 울먹이는 유월의 목소리를 듣고 있자니 내 눈덩이에 다시 열이 확 올랐다.

"기유찬, 나…… 그것도 모르고 네가 일방적으로 나 피하는 것만 보고 바람이나 피는 양아치 취급하고……."

바스락거리는 소리가 귓가에 희미하게 들렸다. 유찬은 유월의 손을 놓지 못할 것이다.

그 일이 있었던 날, 리처드 기 아저씨는 유찬을 지하로 불렀다. 연습실을 다시 기계실로 직접 복구해 놓으라고 시킨 것이다. 나는 아저씨가 잔인하다고 생각했다. 녀석은 군소리 없이 허리를 숙여 기계실을 쓸고 닦았다. 그런 유찬에게 리처드 기 아저씨가 나직이 말했다.

"지나간 사랑은 바래지고 너덜거리는 것 같지? 아냐, 그 사랑은 조용히 곰삭아가는 거야, 내 안에서. 아마도…… 관 뚜껑이 닫힐 때 기억나겠지."

벌침 독성은 얼마나 오래 내 몸에 남아 있으려나? 목덜미가 따갑고 화끈거렸다. 나는 눈을 감았다. 과외가 끝나면 잠깐이라도 얼굴 보자던 다경에게서는 감감무소식이었다.

자정이 가까워질 무렵, 다경에게서 메시지가 왔다. 유유 커플이 집으로 돌아간 후, 수십 통의 메시지를 그 애에게 보내고 싶었지만 자존심 때문에 참았다. 곰삭아간다는 그 사랑에 대해서 생각했다. 짐작조차 할 수 없는 그 감정을 어떤 사람들은 가슴에 품고 산다는 것이 신기할 뿐이었다.

유월이 퉁퉁 부은 내 얼굴 사진을 찍어 다경에게 보냈다. 그 애가 나를 똥파리 다리에 묻은 똥 찌꺼기만큼이라도 여긴다면 분명 열 일 제쳐 놓고 달려왔을 것이다. 하지만 다경과 나는 딱 이만큼이었다. 어차피 가짜 연애 놀이인데 왜 화가 날까. 난 화를 낼 이유가 전혀 없었다. 분노의 민낯은 서운함이었다. 서운함을 베개 삼아 잠을 청하려는데 다경이 딱 한마디 문자를 보냈다.

나오자, 이도흠.

"에이 씨, 다 늦은 시간에 어디를 오라, 가라야!"

말은 그렇게 했지만 나는 툴툴대며 잠옷 바지를 벗고 트레이닝복으로 갈아입었다. 아파트 통로 밖으로 나가자, 경비실 너머 자전거 거치대 옆에 다경이 서 있었다. 날 보더니 피식 웃었다. 우스꽝스러운 얼굴을 가리려고 옷에 달린 모자를 푹 덮어 썼지만 어림없었다. 저돌적으로 나에게 돌진한 다경이 두 손으로 내 얼굴을 붙잡아 고정하더니 빤히 쳐다보았다. 눈 부기는 빠질 기미가 보이지 않았다. 겨우 뜬 눈으로 다경의 얼굴이 똑똑히 보였다. 웃던 얼굴이 점점 심각하게 변했다.

"흠, 잘생긴 얼굴이 찐빵 같다."

"뭐어?"

"빨리 나으라고 내가 이것 좀 줘야겠네."

눈앞에서 반지가 반짝거렸다. 아무 장식 없는 그냥 반지였다. 금붙이도 아니고 그냥 은반지였다. 어금니로 깨물면 쉽게 구부러질 그런 반지, 내 마음처럼 무른 반지였다.

"권다경, 세상 오래 살고 볼 일이다."

"왜?"

경비실 뒤쪽 벤치에 털썩 주저앉는 다경을 보며 나는 진지하게 물었다.

"이거…… 진짜야?"

다경이 나를 빤히 쳐다보았다. 그러더니 소리나게 한숨을 크게 내쉬었다.

"응, 실버 99퍼센트야. 나한테도 진심은 있으니까."

기묘한 대답이었다. 99퍼센트 실버 때문이었는지, 진심이란 말 때문이었는지, 갑자기 숨통이 막히는 기분이었다. 진심이 아닌 내가 다경이 건네는 반지를 받을 자격이 있을까? 나는 새에 낀 반지를 빼려고 안간힘을 썼다. 손가락을 비틀었다. 하지만 반지는 쉽게 빠지지 않는 족쇄 같았다.

"너랑은 헤어지지 않을 거니까, 용쓰지 말고 그냥 껴."

다경이 제 반지는 목걸이에 걸었다. 손에 반지를 끼면 익숙치 않아서 공부할 때 신경 쓰인다고 설명했다. 그러면 나는 왜 손에 껴야 하느냐고 묻자, 어차피 난 공부에 신경을 쓰지 않을 뿐더러 손가락에 족쇄처럼 붙어 있는 반지를 보면서 감시하는 자기 시선이라고 생각하란다. 내 손가락에 빠듯해서 빠질 일은 절대 없을 거라고 호언장담까지 했다.

별도, 달도 뜨지 않은 밤하늘을 올려다봤다. 그리고 생각했다. 나중에 사랑은 가고 반지는 남으려나? 이 반지를 억지로 뺄 날이 오려나? 반지를 빼고 나면 퉁퉁 부은 손가락과 그 손가락에 통증만 훈장처럼 남으려나? 간신히, 억지로 뺀 커플링 덕분에 내 손가락에는 푸른 멍 자국이 생기려나? 시간이 지나면 멍 자국이야 흐릿해지겠지만 내 가슴 어느 언저리에 생긴 멍 자국은 사라질까? 그 멍 자국은 시간이 지날수록 오히려 점점 더 짙어지지는 않으려나? 나는 더 이상 그 자국에 책임을 질 수 있을 것 같지 않았다.

"권다경, 우리 그만 만나자."

분명 청천벽력으로 들려야 할 말이었다. 그러나 다경은 밤하늘을 보며 내 어깨를 툭툭 두드렸다.

"이도흠, 아무리 열 받아도…… 내가 말벌에 쏘여 죽을 뻔한 너를 서른여섯 시간 만에 보러 왔다고 해도, 우리가 했던 연애가 진짜가 아니라 가짜였더라도…… 그만 만나자는 말은 이 타이밍에 하는 게 아니야."

다경은 곰삭는 방법을 이미 터득한 애처럼 굴었다. 그게 얄미웠다.

나는 혼자서 이 낯선 감정을 어쩌지 못해 허둥대는데, 다경만 아무렇지 않은 얼굴로 저 하고 싶은 대로 말하고, 날 찾아오고, 기대하지도 않은 반지 따위를 건네는 것에 부아가 치밀었다.

"그만 가."

"그래, 늦었네. 빨리 나아, 이도흠."

분명 헤어지자고 말한 지, 5분도 지나지 않았다. 속으로는 긴장하고 있을 게 분명한데 다경은 평소처럼 태연하게 먼저 돌아섰다.

"야!"

거친 말이 어둠을 갈랐다. 타박타박 걷던 다경의 걸음이 멈췄다. 나는 돌아보지 않는 다경의 등을 쳐다보며 나머지 말을 내뱉었다.

"너는 왜 매번 먼저 돌아서냐? 난 그게 기분 나쁘다고!"

억지였다. 가짜 연애라고 시작했을 때 내가 이 게임의 주도권을 쥐고 있다고 믿었다. 그러나 매번 이것저것 안 된다고 하는 이 애 앞에서 나는, 껍데기랑 연애하는 기분을 지울 수가 없었다. 가짜 연애이고 나 역시 껍데기 상태로 덤벼든 것이었으니 억울해할 것도 없었다. 그러나 늘 잘 가라며 경쾌한 음색으로 돌아서는 다경의 뒷모습을 보면 정체 모를 서운함을 떨칠 수가 없었다.

"그으래? 좋아, 그럼 너 먼저 가. 내가 너 가는 모습 보고 갈게."

순순히 돌아서서 내가 가기를 기다리는 다경의 모습에 오기가 생겼다. 먼저 가라면 못 갈 줄 아나 본데 어림없다. 나는 보란 듯이 돌아섰다. 다경이 어떤 표정을 짓고 있을지 궁금했지만 앞만 보고 걸었다.

다경이 그랬듯이, 나도 절대 뒤돌아보지 않을 생각이었다. 아파트 통로 앞에 다다랐을 무렵, 아주 잠깐 뒤를 돌아보고 싶은 충동에 사로잡혔다. 그래, 딱 한 번인데 뭐 어떠랴. 돌아서려는데 익숙한 목소리에 그대로 굳어 버렸다.

"넌 그 꼴을 하고 이 야밤에 어딜 돌아다녀?"

엄마였다. 그리고 누나가 돌아왔다. 누나는 내게 손을 뻗더니 내 두 뺨을 제 손으로 감싸쥐었다.

"이도흠, 정말 죽다 살아났구나?"

다경과 헤어진 벤치 아래를 향해 고개를 돌리려고 했지만 누나의 팔 힘은 만만치 않았다. 내 눈을 빤히 바라보는 누나의 다정한 눈빛 때문에 나는 다경이 서 있던 곳으로 시선을 돌리지 못했다.

엘리베이터가 1층으로 내려왔다. 엘리베이터 문이 닫히기 직전, 경비실 너머 벤치로 눈길이 갔다. 다경은 가고 없었다. 달밤에 내가 바라는 건……. 나는 혹시 이 엘리베이터 문이 닫힐 때까지 다경이 어둠 너머 저곳에서 날 바라보고 있기를 바랐던 걸까?

그 이상을 꿈꿔, 난.

"그만하자, 우리."

"이것까지 다 풀고."

다경은 영어 문제집에서 눈을 떼지 않았다. 유치하지만 나는 영어 문제집을 빼앗았다. 그럴 줄 알았다는 듯, 다경은 다른 문제집을 꺼내 풀기 시작했다.

"내가 지금 문제집 얘기해?"

"나, 이거 다 못 풀면 가짜 엄마한테 경고 받아."

다경의 입에서 흘러나온 가짜 엄마 소리에 흠칫했다. 그 '가짜 엄마'를 그날 밤 애가 본 것은 아닐까? 그러나 다경은 가고 없었으니 엄마를 봤을 리가 없었다.

"헤어지자고."

"그 말 하려고 도서관까지 따라나섰냐? 공부나 해. 그렇게 쉽게 끝낼 연애, 뭣하러 시작했니?"

할 말이 없었다. 괜한 마음에 노려봤는데 다경은 내 쪽으로 시선도 주지 않았다.

"분명히 말하는데, 나 계약서 있다. 여차하면 변호사 살 거야. 까불지 마, 이도흠."

40분을 더 버티다가 다경이 자리를 정리했다. 내 투정 때문은 아니었을 터였다. 족집게 과외나 내가 모르는 다음 스케줄이 기다리고 있겠지……. 밖으로 나오니, 숨이 막혔다. 예년보다 여름이 빠르게 다가오고 있었다.

"이도흠, 자전거 타러 가자."

"뭐? 자전거?"

나무와 나무 사이로 바람이 불어왔다. 열풍이다. 밀려드는 졸음 탓에 연신 하품을 했다. 나무 그늘에 앉아 하늘 공원 입구 쪽을 하염없이 바라봤다. 나와 상관없는 사람들이 오가고 있었다.

헤어지자는데 다경은 이제야 제대로 된 연애 놀이를 하고 싶은지 편의점에 돗자리와 음료수를 사러 갔다. 이깟 데이트 따위에 심장이락 비트로 들썩이는 것은 달갑지 않았다. 그건 초짜나 진심이 담긴 사랑을 하는 자들의 몫이었다. 나는 오지 않는 다경을 기다리면서 스스로에게 최면을 걸었다.

'나는 권다경에게 빠지지 않았다. 자전거는 자전거일 뿐. 아무것도

아니다.'

어디까지나 심장 박동 때문이었다. 락 비트로 들썩이던 심장은 일렉트로닉 비트로 돌변했다가도 4분의 3박자 왈츠 버전으로 바뀌기를 반복했다.

30분이 지나도 다경이 오지 않자, 나는 하늘 공원 입구로 나가 하릴없는 동네 똥개처럼 서성거렸다. 이쯤 되면 자리를 접고 일어서야 정상이었다.

"얘 또, 갑자기 잡힌 과외 때문에 도망쳤나?"

허탈한 마음에 혼자 소설을 썼다. 그러나 호랑이도 제 말 하면 온다더니, 양손 가득 짐 꾸러미를 든 다경이 내 이름을 불러 대고 있었다.

우리는 공원 입구에서 멀지 않은 곳에 돗자리를 펴고 앉았다. 편의점을 털어온 건지, 다경이 온갖 간식거리를 늘어놓기 시작했다.

"진수성찬이네."

기왕 이렇게 된 것 실컷 즐기기로 했다. 복수극 운운하며 시작한 가짜 연애였지만 연애 비슷한 기억 하나쯤은 남겨도 좋지 않을까?

채소 과일 샐러드, 햄 치즈 주먹밥, 참치 마요네즈 주먹밥, 블루베리 크림치즈 베이글, 닭 강정, 에그 베이컨 샌드위치가 일렬로 늘어서고 그 옆으로 젤리, 초콜릿, 아이스크림과 탄산음료까지 층층이 쌓였다. 엄마가 다경이 늘어놓는 음식을 본다면 기함을 할 터였다.

"채소 과일 샐러드는 비타민, 햄 치즈 주먹밥은 탄수화물이랑 햄이

176

니까 단백질로 쳐야 하나? 치즈는 유제품, 마요네즈는 기름인가? 블루베리는 비타민, 크림치즈…… 아, 또 겹치네. 베이글도 탄수화물, 닭은 단백질. 아, 젠장. 2군 칼슘이 없네."

엄마가 다경을 제대로 가르치긴 하나 보다. 나는 이것저것 음식들을 입안에 쑤셔 넣었다.

"하지만 칼슘 영양제는 따로 먹으니까 상관없지."

다경이 던져 놓은 가방 앞주머니에서 작은 약통을 꺼내, 내 손바닥 위에 올려놓았다. 칼슘 영양제였다.

"빨리 먹어, 이도흠. 이거 다 먹고 나 자전거 타는 거 가르쳐 줘야 돼."

다경은 내 손에서 나무젓가락을 빼앗더니 닭 강정을 크게 베어 물었다. 양념이 입가에 묻었지만 아랑곳하지 않았다. 양념을 묻히고도 예쁜 여자애는 다경이 처음이었다. 내가 손으로 양념이 묻은 입가를 가리키자, 다경은 "여기?" 이러더니 작고 귀여운 혀를 내밀어 핥아먹었다. 발끝에서 야릇한 기운이 올라왔다. 나는 나오려는 헛기침을 참았다. 대신 사 갖고 온 음료수를 마셨다. 탄산이라는 사실을 깜빡하는 바람에 어쩔 수 없이 트림을 하고 말았다. 사람이 낸 소리라고는 믿기지 않을 정도로 소리가 엄청났다. 비록 가짜 연애라도 내 입에서 나온 트림은 진짜였기에 창피했다. 의연한 모습을 보여 주고자 먼 산으로 시선을 돌렸지만 다경이 미친 듯이 웃어 댔다.

"야, 이도흠. 너 지금 엄청 창피한데 아닌 척 하는 거지? 크크큭! 과도한 트림 때문에 일상생활에 지장 받는 경우엔 소화관 운동 개선

제나 가스 제거제를 먹으면 돼. 도흠아. 너 기능성 위장장애나 역류성 식도염은 없지?"

"뭐래? 그런데 넌 열여덟까지 자전거도 안 배우고 뭐 했냐?"

"누으로 미적분 풀었지. 그러니까 오늘 네가 속성으로 지전기 미스터하게 도와 줘."

공원 입구에 있는 자전거 대여점에서 자전거를 빌렸다. 탈 줄도 모르는 애가 노란 색깔에, 바구니가 달린 자전거를 꼭 타고 싶다고 노래를 불렀다. 아무거나 타라고 짜증을 낼 뻔했지만 나는 다경의 소원대로 바구니가 달린 노란 자전거를 빌렸다. 첫 번째 대여점에는 없어서 두 곳을 더 돌아다닌 후에야 겨우 빌릴 수 있었다.

"너, 어렵게 빌렸는데 빨리 제대로 못 타면 알아서 해라."

이제 보니 내 이상형은 균형 감각이 있는 여자였다. 다경은 균형 감각이 꽝이었다. 그래, 너무 국영수에만 몰입하더니만……. 페달에 발을 올리기가 무섭게 휘청거리며 그대로 넘어졌다.

"뭐 하냐? 얼른 일어나."

다경은 사람들의 시선에 아랑곳하지 않고 두 다리를 허공에 번쩍 들어 올리더니 자전거 페달을 밟는 시늉을 했다.

"난 하늘 자전거는 잘 타는데. 허벅지살 빼는 데에 최고거든."

공부라면 뭐든 척척 해내던 애가 남들 다 타는 자전거도 배우지 못했다니까 왠지 짠했다.

"야, 권다경. 오늘부터 하늘 자전거는 폐기처분이야. 앞으로 진짜 자전거만 타."

"하아, 아무래도 운동 신경에 문제가 있나 봐."

"주짓수도 배웠다는 애가……. 걱정 마. 내가 반드시 타게 만들 테니까."

시큰둥하던 다경의 얼굴이 서서히 풀렸다. 열여덟이 되도록 자전거를 못 탄다는 사실에 자존심이 상했는지 다시 페달을 밟았다. 뭐든 죽기 살기로 하는 본성은 못 버리나 보다.

자전거 뒤를 쫓아 이리 뛰고 저리 뛰다 보니 몸에서 시큼한 냄새가 났다. 아버지가 내게 자전거를 가르쳐 줬을 때가 기억났다. 유달리 무서워하는 나를 안심시키려고 "잡고 있어!"라고 계속 소리치던 아버지. 페달을 굴리기 전에 나는 앵무새처럼 "아빠, 잡고 있지?"를 반복했다. 내가 넘어지지 않고 자전거를 탈 수 있었던 것은 등 뒤에 아버지가 있었기 때문이다. 내가 기울거나 넘어지지 않게 나를 단단히 잡아 주고 있을 아버지의 손을 믿었기 때문이었다.

"권다경, 넌 왜 자전거를 못 타냐?"

"자전거 못 타면 안 되는 거야?"

브레이크를 움켜쥔 다경의 손에 힘이 들어가는 게 보였다.

"그건 아니지만, 다들 자전거는 자연스럽게 배우니까."

아무렇지 않다는 듯 어깨를 으쓱거리는 다경의 모양새가 억지스럽게 보였다. 내 질문이 자존심을 건드렸는지 애써 속상한 마음을 숨기는 것처럼 보였다.

"우리 옆집에 쌍둥이가 살았거든? 어느 날, 걔들이 아빠랑 자전거를 타더라고. 아빠한테 자전거를 배운 거지. 그래서 나도 아빠한테 나는 왜 자전거 안 가르쳐 주냐고 물었지."

풀이 죽어 자전거 페달에 발도 못 올리고 어정쩡하게 선 다경을 보고 있자니, 뒷이야기는 듣지 않아도 어떨지 알 만했다.

"아빠는 나한테 자전거를 가르칠 몇 시간도 내기 힘들었는지 대학생 알바를 붙여 줬어, 자전거 가르치라고."

다경이 소매를 걷어 왼쪽 팔꿈치를 보여 줬다. 뭔가에 길게 찢긴 자국이 희미하게 남아 있었다. 자전거를 배우다가 다친 흉터라고 했다. 크게 찢어졌는데도 다경의 아버지는 성형 수술을 시켜 주겠다는 말뿐이었다고 했다.

"아빠가 이 상처를 볼 때마다 속이 쓰리길 바랐거든. 근데 아마…… 기억도 못 하실걸? 이 상처는 자전거를 잡아 주던 알바가 전화 받다가 손을 놔서 생겼어. 꽈당!"

여덟 살 다경이 자전거와 함께 쓰러졌을 때를 상상했다. 왠지 찢긴 팔을 하고도 눈물 한 방울 흘리지 않았을 것 같았다. 난 어린 다경이 측은했다.

"내 등 뒤를 든든하게 잡아 줄 사람 하나가 없다는 거…… 그거 지옥이더라."

뒤를 잡아 줄 사람이 없을 바에는 차라리 자전거를 안 배우는 게 낫다는 다경의 말에 마음이 싸늘해졌다. 초여름의 열기가 에워싸고 있는 휴일의 한가운데에 서서도 심장에 살얼음이 끼고 있는 듯한 느낌이 들어, 나는 가슴팍을 손바닥으로 문질렀다.

"지옥 끝이다. 오늘 천국을 보게 될 거야. 나만 믿어, 권다경."

필사적으로 다경을 가르쳤다. 아버지의 손이 되어 다경이 넘어지지 않게 잡아 주고 밀어 주었다.

"이도흠, 손 안 놨지? 꼭 잡고 있어야 돼!"

조사 하나 틀리지 않고 다경은 어린 날, 내가 했던 대사를 똑같이 읊어 댔다. 나는 어린 이도흠을 대하듯 "걱정 마. 붙잡고 있어. 손이 자전거에 붙었어"라고 답했다. 해는 점점 뜨거워지고 땀은 비 오듯 쏟아졌지만 기분만큼은 뿌듯했다. 페달을 밟는 다경의 발놀림에 점점 자신감이 묻어났다. 핸들을 붙잡는 손도 야무졌고 꼭 다문 입술이 보여 주는 결의는 대단했다. 감동적인 한 컷이었다.

'얘는 늘 이렇게 최선을 다하는 것이 일상이 되어 버린 걸까?'

더위에, 긴장에, 두려움과 노력에 달아올라 빨간 볼을 하고 있는 다경이 내가 보는 풍경의 전부가 되었다. 오솔길을 지나고 호숫가를 돌아 번지 점프대와 매점을 거쳐 다시 공원 입구로 돌아오는 길을, 다경은 나의 도움 없이도 천천히 터득해 나갔다. 달리면서 주변 경치를 감상할 여유는 없었지만 앞만 보고 달리는 다경의 모습이 더 매력으로 다가왔다. 이 아이는 앞으로 내가 없어도 혼자서 자전거를 타고 달리겠지.

"권다경."

"응?"

"레슨비 없냐? 자전거 개인 레슨도 해줬는데."

손에 들고 있던 아이스크림 콘을 다경이 툭 쳤다. 매점에서 자기 취향대로 사 온 민트 맛 아이스크림이었다. 껌이건 사탕이건 그 무엇이건 간에 나는 민트 맛을 선호하지 않았다. 뭐랄까? 치약을 씹어 삼키는 기분이랄까? 세상에는 그렇게 톡 쏘는 맛보다 달달한 것이 많았다.

"이도흠, 돈으로 줘?"

다경의 표정이 묘하게 변했다. 손에 들고 있던 아이스크림 콘이 녹아 바닥에 뚝뚝 떨어졌다. 시멘트 바닥 위로 떨어진 아이스크림 자국 위로 개미가 하나둘 몰려들었다.

"내가 돈으로 받겠다면 레슨비 얼마나 줄 수 있는데?"

대놓고 다경을 뚫어져라 쳐다보았다. 애써 침착한 척 다경은 아이스크림을 먹는 척했다. 종이 껍데기를 제대로 벗기지도 않고 아이스크림 콘을 씹어 대는 것을 보면 얘도 무심한 척하기가 쉽지 않은 듯했다.

"얼마나 부를 건데?"

"내가 부르는 대로 줄 수 있나?"

나는 다경을 빤히 쳐다보았다. 한 걸음 더 가까이 다가갔다. 내 시선은 뜨겁고 진지했다. 서로의 숨소리가 들리고 콧날이 스치고 뺨의 솜털을 느낄 만큼 가까운 거리의 우리.

"……해도 돼?"

"이도흠, 그런 건 묻는 게 아니야."

이번에도 계획에 없던 키스였다. 다경이 나에게 먼저 입술을 내밀었다. 나의 마음은 아스팔트 위에 떨어진 아이스크림처럼 녹아내려 흐물거리고 있었다.

키스는 자연스러웠다. 키스에 도달하기까지의 과정이 계획적이었던, 가짜였던, 뭐였던, 지금 우리의 입맞춤 자체만큼은 또 진실이었고 운명이었다.

"또 달리고 싶다, 그치?"

나를 향해 활짝 웃는 다경의 얼굴에 보조개가 피었다.

"응."

아마도 키스 후의 어색한 분위기를 날려 버리고 싶었을 거라고 생각했다. 다경은 겁도 없이 자전거 위에 올라앉더니 나에게 시합을 제안했다. 거절할 이유는 세상 어디에도 없었다.

"봐주기 없기야. 알겠지? 있는 힘껏 달려!"

"오케이!"

우리는 달렸다. 그리고 정말로 하늘을 날았다.

침대 밑으로 손을 뻗어 다경이 내게 우편으로 보냈던 우리의 연애계약서를 꺼내 보았다. 봉투를 열고 다시 찬찬히 세부 내용을 읽어 보려고 했지만 글자가 눈에 들어오지 않았다. 가짜라고 시작했던 내 감정이 진짜로 변해 버린 까닭이었다. 이 계약서를 엉망으로 구기거나 조각조각 찢어 버리면 다경과 제대로 시작할 수 있을까, 하는 어처구니없는 생각까지 했다.

처음부터 우리 둘 사이를 망쳐 버린 건 나였다.

집으로 돌아오는 길에 다경이 내게 말했다. 평소 날 보면서 '숙제는 하고 돌아다니는 거야?'라고 물을 때와 똑같은 톤이었다.

"이도흠, 우리 여행 가자."

그 말이 나에게는 헤어지자는 말의 예고편으로 들렸다.

"뭐? 여…… 여행?"

가만히 고개를 끄덕이는 다경의 모습을 보고 있자니 적어도 날 놀리거나 장난치는 말은 아니라는 것을 알 수 있었다. 장소와 날짜를 묻는 내게 다경은 웃기만 했다. 그 어떤 대답 하나 명확하게 하는 법이 없었지만 나는 다경과 여행을 가게 될 거란 확신이 들었다.

"이번 모의고사 결과 나오는 날에 정하자. 좋지?"

다경이 가볍게 말했다. 좋다고 나 역시 가볍게 대답했지만 마음은 납덩이를 주렁주렁 매단 것처럼 가라앉고 있었다.

나는 연애 계약서를 다시 침대 밑으로 밀어 넣었다. 영원히 저 계약서를 꺼내는 일이 없기를 바란다면 나는 파렴치한이 되려나?

거실로 나갔다. 아버지와 누나가 소파에 나란히 앉아 텔레비전을 보고 있었다. 영화 〈기생충〉이었다. 내 기억에 따르면 아버지는 늘 뉴스나 스포츠 관련 프로그램을 선호하는 편이었고 누나는 텔레비전 자체를 즐기는 사람이 아니었다. 유학을 떠나기 전, 누나가 봤던 텔레비전 프로그램 하나를 꼽는다면 교육 방송 정도가 될까.

며칠 전, 집에 들어온 엄마에게 아버지는 큰소리를 냈다. 퇴직 후, 늘 식물 같았던 아버지가 처음으로 제 목소리를 찾은 날이었다. 목소리 같은 것은 잃은 사람처럼 굴었던 아버지가 엄마의 부탁에 발끈했다. 솔직히 부탁이라기보다 일방적인 통보였다, 누나를 내쫓으라는.

"남의 집 자식 일에 지극정성인 여자가 제 딸의 행복은 나 몰라라야? 정신 차리고 똑바로 살자, 좀!"

엄마가 이번 학기 내내 입주 형식으로 입시 대리모 역할을 하기로 한 것에 대한 불만이었는지, 정말 누나의 행복만을 위한 감정 토로였는지 알 길은 없었으나 엄마는 아버지의 행동에 당황해하는 눈치였다. 꽉 깨문 입술이 바르르 떨리고 아버지한테 한마디 하려는 찰나, 아버지가 엄마의 말을 가로챘다.

"욕실에 당신 칫솔, 새로 갖다 놨어."

그 어떤 인과관계도 성립되지 않는 아버지의 한마디에 엄마는 얼어붙더니 허둥대며 집을 나갔다. 욕실에 새 칫솔을 갖다 놓으며 아버지는 엄마가 돌아오기를 소원했을까.

"먹을래?"

누나가 내게 사탕 통을 건넸다. 미국에서 갖고 온 모양이었다. 사탕 하나를 골라 포장지를 벗기는데 누나가 화면에서 눈을 떼지 않은 채 중얼거렸다.

"삶은 캔디 같은 거야."

"뭐라고?"

"에디랑 처음 같이 본 영화가 〈포레스트 검프〉였거든. 거기 나오는 대사야. '삶은 캔디 같은 거야'라는데 갑자기 눈이 번쩍 떠지고 심장이 마구 뛰더라고."

나는 누나를 천천히 돌아보았다. 사탕을 입에 넣었다. 계피 맛이었다. 내가 질색하는 맛이었다. 우리가 남매라는 것을 증명하는 것이 하나 있다면 둘 다 계피 맛 사탕을 싫어한다는 점이었다. 그러나 계피 맛 사탕을 대하는 다른 점이 있다면, 나는 가급적 계피 맛 사탕을 피하려고 했다면 누나는 공부하다 졸리거나 수학 문제가 뜻대로 풀리지 않을 때면 일부러 계피 사탕을 입에 넣고 소리 나게 씹어 삼켰다는 것이다.

입안에 온통 계피 향이 넘쳤다. 뱉을까 하다가 억지로 입에 물고 있었다. 영화 〈기생충〉은 막바지를 향해 가고 있었다. 나는 아버지를 힐끔 훔쳐보았다. 송강호의 연기를 보면서 아버지는 무슨 생각을 하고 있을까? 한때 아버지도 수석을 모았던 적이 있었다. 승진을 하고 한창 잘나가던 때였다. 인디언 복장의 송강호가 화면에 가득 차자, 누나가 묻지도 않은 얘기를 꺼냈다.

"난 저런 남자가 좋아. 인디언 복장이 잘 어울리는 사람 말이야."

처음엔 누나가 송강호를 이상형으로 생각한다는 소린 줄 알았다. 곧이어 송강호가 '우루루루루!' 하는 괴상망측한 소리를 내며 손바닥으로 입을 두드리는 것을 보고 나는 깨달았다. 누나가 미쳤구나, 그리고 누나의 이상형도 정상은 아니구나. 에릭인지, 에디인지는 누나의 이런 모습을 봤을까?

"도흠아, 에디, 4분의 1은 아메리칸 인디언이다."

처음으로 아버지가 입을 열었다.

"흥미로운 친구야. 아무래도 미국은 큰 나라니까."

누나는 운이 좋았다. 자신의 이상형을 이상형으로 끝내지 않고 진짜 제 사랑으로 붙들어 놨으니까 말이다.

호텔 ANG이 보이는 카페에 앉아 평소에 마시지도 않는 밀크 티를 마시다 리처드 기 아저씨가 어떤 여자와 포옹하고 있는 장면을 목격했다.

"너희 아버지 연애하시나 보다."

밀크 티는 생각보다 달았다.

"눈 똑바로 떠, 이도흠. 연애는 개뿔. 그 여자잖아……."

유찬이 세상에서 자신의 엄마를 부르는 단 하나의 호칭이 있다. 그 여자.

"달려가서 안 떼어 놓냐?"

"내가 왜? 중년들의 사생활이다. 흠…… 우리 리처드 기가…… 엄마를 응원한다잖아. 어쩌면 저게 마지막 포옹일지도 모른다. 결혼하면 다신 여기 안 오겠지."

"기유찬. 세상 오래 살고 볼 일이다. 자식, 너 사실은 엄마가 보고 싶은 거지?"

녀석이 코를 들이마시더니 바닥에 침을 뱉었다. 평소 같으면 경범죄니, 공중위생 위반이니 하며 경찰에 신고하겠다고 장난을 쳤겠지만 오늘은 그럴 분위기가 아니었다.

"걷자, 우리."

앞서거니 뒤서거니 하며 탄천 쪽으로 향하다 징검다리 앞에 쪼그리고 앉았다. 비 온 뒤라 그런지 물이 나름 깨끗했다. 눈앞에서 물고기 두어 마리가 헤엄쳤다.

"나, 조만간 다경이랑 여행 가."

"뭐? 왜? 헤어질 거라며? 그런데 여행? 에라이, 나쁜 새끼."

나는 녀석의 머리를 소리 나게 때렸다.

"더러운 생각은 집어넣어라. 그런 거 아냐. 마지막으로…… 권다경한테 좋은 추억 하나라도 남겨 줘야지."

이게 진짜 내 본심일까, 말하면서도 내 스스로를 못 믿겠다.

"넌 쓰레기다. 복수니 가짜 연애니 말만 번드르르하게 하고 진심 하나 없는 껍데기 짓 해 놓고 이제 와서 좋은 추억? 하, 그 추억이 들으면 쌍욕 하겠다."

유찬의 말에 나는 쓰게 웃었다. 녀석이 내 어깨에 팔을 두르며 귀엣말을 속삭였다.

"그런데 이도흠…… 너…… 처음이야?"

우리 모두는 처음이었다. 이별 앞에서 의연할 수 없다면 그건 진심이라고 유찬이 중얼거렸다. 징검다리 건너편에서 아이 하나가 물에

떠 있는 날짐승을 향해 돌을 던졌다. 아이가 던진 돌멩이는 수면 위에 파문을 일으켰을 뿐, 날짐승은 꼼짝하지 않았다. 그리고 나는 다경을 떠올렸다.

나쁜 연애, 착한 너

경주월드에 도착한 우리는 손에 초강력 접착제를 붙이기라도 한 것처럼 잡은 손을 놓지 않았다. 그것은 예고된 상황을 감지한 육체가 무의식적으로 행동하는 것일까?

우리는 어깨를 나란히 하고 앉아 길가에 핀 꽃을 하염없이 바라보았다.

"이렇게 더운 여름에도 꽃이 피나?"

"글쎄. 나도 꽃을 이렇게 오래 보고 있었던 적이 없어서 말이야."

이름 모를 작은 꽃은 귀여웠고 예뻤다. 작고 예뻐서 더 애처로웠다. 거짓으로 시작한 연애는 시간이 갈수록 진짜가 되고 마음이 갔다. 설탕 같은 꽃잎은 설탕처럼 달콤할 것 같았지만 이제 나는 안다, 그것은 결코 달콤하지 않다는 것을. 다섯 살 때 이미 식물도감을 통째로 암기했다는 다경은 자신이 발견한 야생화의 이름을 알지 못해 답답

해했다. 그런 다경에게 나는 농담처럼 위로의 말을 건넸다.

"네가 무슨 꿀벌도 아닌데 꽃 이름은 다 알아서 뭣에 쓰게? 풀꽃 이름 하나 정도는 몰라 주는 센스가 있어야지 인간적이지. 그러니까 몰라도 괜찮아."

다경은 태어나서 자신에게 몰라도 괜찮다는 말을 건넨 최초의 사람이 나라고 했다. 어떤 의미에서건 나는 다경에게 최초의 남자였다. 기분이 괜찮았다.

트라켄 앞에서 다경이 발길을 멈췄다. 세계 6번째, 국내 최초 90도 드롭 놀이 기구란 안내판을 찬찬히 들여다보는 다경에게 물었다.

"타고 싶어?"

"아니, 이거 타면 분명 토할 거야."

가만히 고개를 가로젓는 다경의 행동에 나는 미소가 자동 장착된 놈처럼 웃었다. 다경의 작은 행동들은 나를 자꾸만 웃게 만들었다. 묘한 일이었다.

서라벌 관람차 앞에 줄을 서서 우리는 순서를 기다렸다. 둘이라서 기다리는 동안 외롭지 않아 좋았다. 우리 순서가 되자, 다경이 내 팔을 잡아 만류했다.

"왜? 안 탈 거야? 고소공포증 있어?"

다경은 다짜고짜 우리 뒤의 가족에게 양보하더니 나에게 물었다.

"이도흠, 넌 내가 무슨 색 좋아하는지 알아?"

그래, 그거였다. 소소한 것 하나하나 확인하고 싶어하는 여자애의 마음. 나는 그 마음을 무시하지 않기로 했다. 글쎄라며 모른 척하자 다경은 서운한 듯 말이 없어졌다. 우리 앞으로 다가오는 관람차 안으로 다경을 밀어 넣었다.

"네가 좋아하는 색은 노란색이지."

우리는 노란색 관람차를 탔다.

"어떻게 알았어?"

"다 아는 수가 있지."

나는 쿨한 척 창밖을 바라보았다. 고소공포증이 있는 사람은 다경이 아니라 나였다. 하지만 의연한 척했다. 온갖 폼은 다 잡아 놓은 상황에서 고소공포증 때문에 관람차를 못 타겠다는 소리는 차마 할 수가 없었다.

"황금 물고기. 그게 권다경 네 별자리잖아."

"머리 좋은데, 이도흠."

나는 주먹으로 가슴팍을 툭툭 두드렸다. 자신 있다는 제스처였다. 너에 대해서는 무엇이든 자신 있어. 지상에서 점점 멀어져 가는 동안 나는 아래를 보지 않으려고 다경의 얼굴만 뚫어져라 쳐다보았다. 다경은 그런 나의 시선을 피하지 않았다. 가지런히 모은 다리 양옆으로 주먹을 말아 쥔 손이 꼼지락거렸다. 나는 다경이 쓸데없이 긴장하는 것이 싫었다. 그래서 천천히 휘파람을 불었다. 요새 잘나가는 걸 그룹이 부르는 노래였다.

"이도흠."

"응?"

"넌 왜 나를 좋아하게 되었을까?"

"……."

자신을 좋아한다고 확신하는 다경의 차분한 얼굴 앞에서 거짓말할 수가 없었다. '사실은 너를 좋아하지 않아. 이 모든 것은 연기야.' 라고 진실을 말할 수도 없었다. 거짓을 말하던, 진실을 말하던 나는 지상 최고의 나쁜 놈이 될 게 뻔했으니까.

"도흠아."

"응?"

"곰곰이 생각해 보고 언젠가 꼭 대답해 줘, 알았지?"

"알았어."

나는 나의 대답이 거짓임을 안다. 아마도 나는 다경을 만족시킬 만한 대답을 해 주지 못할 것이다. 밀폐된 공간 안에서 타인의 숨소리는 여느 때보다 크게 들렸다. 서라운드 음향 장치를 사방에 설치해 놓은 것처럼 관람차 안은 마법의 공간이었다. 상대방의 숨소리 속에는 달콤한 향기까지 스며 있었다.

창밖으로 내려다보이는 도시는 손톱만큼 작아서 우리가 그 안에서 살아 숨쉰다는 것이 믿기지 않을 정도였다. 반면에 관람차 정면에 비치는 태양은 거대했다. 서쪽으로 지는 태양의 자태는 의연하고 아름다웠다.

"너희 엄마는 어때?"

다경의 입 밖으로 흘러나온 '엄마'라는 단어에 나는 몸이 굳었다.

다경은 가만히 있는 나를 보며 다시 말을 이었다.

"도흠이 너희 엄마는 고딩이 연애하는 거 괜찮다는 주의야?"

답은 뻔했다. 하지만 엄마를 두둔하며, 비록 그것이 기짓이라고 해도 그럴싸하게 포장해 주고 싶은 마음이 없었다.

"너희 엄마는?"

"우리 엄마는 조선 시대 사람이야."

"조선 시대?"

다경이 관람차 유리창을 손톱으로 긁어 댔다. 의미 없는 글자를 적는 것 같기도 했고 그림을 그리는 것 같기도 했다.

"응. 요즘 세상에 누가 연애하면 큰일 난다고 생각하니? 그런데 우리 엄마는 고등학생이 연애하면 인생 끝났다고 생각해. 평소에는 엄청 쿨한 척 하면서 말이야. 위선자야."

다경은 부모가 자신을 낳은 것이 상속 때문이라고 했다. 외가와 친가 쪽의 재산을 상속받기 위한 부모의 계획이 빚어 낸 결과물 말이다. 또한 점수 이외에 자신에 대해서는 눈곱만치의 관심도 없는 사람들이라고 했다.

"내가 우리 집안 사람들한테 질색하는 게 뭔지 알아? 거짓말이야. 늘 도덕적인 척, 선량한 척하지만 다들 위선자야."

투기로 재산을 불린 다경의 조부모는 장학 재단을 만들어 세상에 둘도 없는 선량한 사람 코스프레를 한다고 했다. 부모들은 쇼윈도 부

194

부면서도 대외적으로 잉꼬부부 행세를 하지만, 내일 당장 이혼을 한다고 해도 이상할 것이 없다고 했다.

"두 분, 별거한 지 오래야. 내가 대학 가자마자 아마 이혼할지도 모르지. 엄마가 가장 나쁜 게 뭔지 아니? 나한테 거짓말했다는 거. 우리 집안에 아무런 문제가 없다고 늘 거짓말을 일삼았다는 거야."

거짓말, 속였다는 다경의 말 앞에서 나는 한없이 작아졌다. 나 역시 다경의 엄마와 다를 바가 없었기 때문이었다. 그래서 그 거짓말의 내용이 무엇인지 묻지 못했다. 내가 이 짝퉁 연애 놀이를 의도적으로 계획했다는 것을 알면 얘는 어떤 표정을 지을까?

"이도흠, 엄마가 했던 거짓말 중에 제일 싫은 거 알려 줄까? 엄마가…… 그랬어. 10대에 좋은 남자 친구는 절대 없으니까 공부만 하라고. 성인이 되면 저절로 세상에서 가장 멋진 남자를 만나게 될 거라고."

세상 어느 동화책에도, 로맨스물에도, 청소년물에도 나오지 않을 대사였다. 조용히 앉아 있는 나에게 다경이 밝은 목소리로 고백했다.

"그런데 나…… 이렇게 멋진 남자를 만났잖아."

최초의 고백이었다. 하마터면 나도 말할 뻔했다. 나조차도 인식하지 못한 마음의 소리로…….

'나도…… 나도 그래, 다경아.'

물을 얼마나 마셨는지 오줌이 마려웠다. 그런 내 사정을 아는지 모르는지 다경은 해맑기 짝이 없는 얼굴로 신이 났다. 어린애처럼 손가락으로 밤하늘을 가리키는 다경을 보고 있자니 '얘가 장난치나?' 하는 의구심까지 들었다.

"도흠아, 봐봐. 슈퍼 문이라더니 진짜 크다, 그치?"

"응. 갑자기 패밀리 사이즈 불고기 피자가 먹고 싶을 만큼."

별로 웃긴 이야기도 아니었는데 다경이 까르르 웃었다. 허리를 굽히고 배를 잡으며 웃어 댔다. 나는 내가 한 말 중에 패밀리 사이즈라는 단어가 웃긴 것인지, 불고기란 단어가 웃긴 것인지 짐작할 길이 없었다.

우리는 소원을 빌었다. 나는 지구를 지키는 사람이 되게 해 달라고 빌었다. 지구에는 누나도, 아버지도, 다경도, 유찬도, 유월도 있으니까. 다경은 무엇을 비는지 눈을 꼭 감고 손까지 모으고 엄청 진지한 표정을 지었다.

누가 먼저랄 것도 없이 우리는 자연스럽게 집으로 돌아가지 않았다. 우리는 보문 단지를 벗어나 민박집을 찾았다. 사실 처음부터 민박집을 찾았던 것은 아니었다.

놀이공원에서 멀지 않은 곳에 있는 모텔을 골랐다. 에덴 모텔과 파라다이스 모텔을 두고 잠깐 고민했다. 그리고 상상을 했다. 에덴······ 아담과 이브를 떠올리니 어쩐지 맨몸으로 있어야 할 것 같은 느낌이 들었다. 파라다이스······ 천국이라······ 생각하기 나름이었지만 땅거미가 내려앉는 이 시점에, 열여덟의 우리 둘 사이에 천국은 어떤 모양새일까? 다경도 나와 비슷한 생각을 했을까? 쭈뼛거리며 이리저리 기웃대다 저녁 먹을 시간도 놓쳐 버렸다. 다경은 어떻게 하면 좋냐는 나의 질문에 "모텔은 너무 낭만이 없는 거 같아"라고 대답했다. 그래서 편의점에서 산 삼각 김밥과 물을 마시며 걸어서 도달한 곳이 민박집이었다.

민박집 주인은 눈과 귀가 어두운 노인이었다. 방이 있느냐는 말에 고갯짓으로 따라오라는 시늉을 하고 방을 보여 주었다. 따로 요청하지 않았는데 방 하나만 보여 주었다. 그제야 우리가 무엇을 하려는지 똑똑히 깨달았다. 우리는 밤을 함께 보낼 것이다. 노인이 저녁은 먹었느냐고 물어보더니 혼잣말처럼 한마디 했다.

"한 방에 있다고 다 사고 치나? 못된 짓 할 놈들은 어디서든 다 하지."

망치에 한 방 맞은 기분이었다. 다경이 놀라서 눈을 동그랗게 뜨고 쳐다볼 만큼 나는 크게 소리 내어 과장되게 웃었다. 알고 보니 민박집에 방이 하나밖에 안 남아 있었다.

방문 앞에 서서 주춤거리는데 다경이 내 발을 툭 쳤다. 그러더니 갑자기 제 트렁크를 열어 보여 주었다.

"넌 내 속을 속속들이 본 첫 사람이다. 명심해, 꼭."

다경의 트렁크 안에는 탱크 빼고 다 들어 있었다. 1박 2일이 아니라 10박, 아니 한 달도 가능할 것 같은 짐들이 트렁크 안에 빼곡하게 들어차 있었다.

우리는 마당 한 귀퉁이에 있는 수돗가에서 세수하고 발을 씻다가 물장구를 치고 평상에 나란히 앉아 새벽을 기다렸다. 손목시계의 시침과 분침, 초침이 움직이는 동안 우리 사이의 딱히 설명하기 어려운 감정도 함께 움직였다. 새벽은 쉽게 오지 않았지만 동틀 무렵을 기다리는 평상 위의 시간은 나쁘지 않았다. 소소한 농담들이 오갔고 긴혹 나의 농담을 이해하지 못한 다경에게 내가 한 농담을 설명해야 하는 어처구니없는 일이 생기기도 했다.

"권다경, 피자 먹을까?"

시간은 자정을 향해 달리고 있었다. 낯선 도시였고 내가 찾아낸 피자집은 흔히 먹던 프랜차이즈 피자뿐이었다. 우리 동네 이탈리아 레스토랑에서 구운 화덕 피자가 생각났다.

"이 시각에 먹었다간 얼굴이 저 달만큼 부을 거야. 피자를 먹고 잤다가는."

조건 반사였다, 내가 다경의 뺨을 두 손으로 감싼 것은. 다경은 놀란 토끼 같은 표정을 짓더니 얼음이 되어 버렸다. 손바닥에 전해 오는 그 애의 보드랍고 따뜻한 뺨이 좋았다. 말랑거리는 촉감이 귀여웠다.

'아, 나는 이렇게 귀여운 애를……'

다경의 눈동자는 갈색이었다. 어둠 속에서도 반짝이는 달만큼이나 이 애의 눈동자도 어떤 상황에서도 빛을 잃지 않았으면 좋겠다는 바람이 가슴속에서 피어올랐다.

"네 얼굴, 절대 붓지 않을 거야. 오늘 밤 우리는…… 잠들지 않을 거니까."

침 넘어가는 소리가 고스란히 들렸다. 다경의 속눈썹이 가늘게 떨렸고 나를 향한 눈동자가 점점 짙어졌다. 그리고 그 빛은, 사랑이었다.

스마트폰 앱을 통해 민박집 근처 피자집에 불고기 피자를 주문했다. 한밤중에 피자를 먹는다는 사실에 다경은 애처럼 좋아했다. 집에서 야식 같은 건 꿈도 못 꾼다며, 그것도 인스턴트식품이나 피자 같은 것은 두뇌에 별 도움이 안 돼서 금지라고 했다. 한번은 한밤중에 통닭이 너무 먹고 싶어서 동네 놀이터로 주문했고 어둠 속에서 혼자 먹었다고 했다. 놀이터 쓰레기통 옆에 숨어서 통닭을 뜯는 자신의 처지가 거지 같아서 닭다리를 씹는 내내 울었다고 했다. 엄마한테 학교 준비물 핑계를 대고는 집에서 나와 야식을 시켜 먹는 여자애의 인생을 상상해 본 적이 있냐며, 다경이 서글픈 눈으로 웃었다.

"도흠이 네 덕에 나는 진짜, 제대로 된 야식을 오늘 먹는 거야."

그런 다경을 흐뭇하게 바라보며 지갑을 꺼내 들었다. 계산을 하는데 아뿔싸! 지갑에서 콘돔이 떨어졌다. 엎친 데 덮친 격으로 다경이 콘돔을 주워 들었다. 순간 냉동고에 들어간 느낌이었다. 사지가 꽁꽁 얼어붙어 멍하니 서 있는데 다경이 대놓고 말했다.

"야, 이도흠. 너무 뻔하다."

"하하, 그런가?"

머릿속에 표백제를 풀어 놓은 것처럼 하얗게 변해서 제대로 된 변명 따위는 생각할 여력도 없었다. 여행 간다는 말에 유찬이 "천군만

마는 데려가야지"라면서 억지로 쑤셔 넣은 콘돔이었다. 다경이 주워 든 콘돔을 갖고 내 가슴팍을 톡톡 두드렸다.

다경에게서 콘돔을 받아 든 내가 머릿속에 떠올린 생각은 단 하나 였다.

'어떡하지, 나?'

나는 내가 바보 같아서 견딜 수가 없었다.

다경이 꽃밭 위에 서 있었다. 그 애가 펼쳐서 바닥에 깔아 놓은 이 불은 꽃무늬가 가득했다. 빨간 꽃, 노란 꽃, 파란 꽃, 초록 꽃, 분홍 꽃……. 모양이며 색깔이 기이할 정도로 과장되고 도드라진 꽃들이었 다. 다경은 그 꽃밭에 앉아 나를 올려다보고는 자기 옆자리를 손으로 토닥토닥 두드렸다. 나는 쭈뼛거리며 다경의 곁에 앉았다. 서로의 숨 소리가 하나로 들릴 만큼 가까운 거리에서 나는 잔뜩 긴장하고 있었 다. 발가락이 자꾸만 꽃밭 사이로 파고들었다.

"이도흠."

"으응?"

"나 만나는 동안, 네가 보고 있는 나는 어땠어?"

쉽게 대답할 수 없게 만드는 음성이었다. 벽에 기대 있던 다경이 이 제는 아예 몸을 돌려 내 쪽을 향하고 있었다.

"부탁이야. 뻥은 안 돼, 이도흠."

나는 결코 말해 주지 않으리라 결심했던 말을 처음이자 마지막으 로 다경에게 해 주리라 다짐했다. 떨어지지 않는 입을 떼고 천천히,

그러나 명료한 목소리로 나의 가짜 연애의 주인공에게 속삭였다.

"너는 조금씩 나를 변하게 만들어. 내가 진심이게 해."

다경의 눈이 이상했다. 까만 눈동자에 물기가 어리고 반짝이더니 그 애가 바라보는 세상에 꽉 찼다. 다경의 눈동자 속에 잔뜩 일그러진 얼굴의 내가 있었다.

"이런 괴상한 연애는 처음이야."

물기를 담뿍 담고 있는 목소리조차 예뻤다, 다경은.

"그러게."

이것이 내가 해 줄 수 있는 최선의 대답이었다. 혼란스러웠다. 나의 복수극이, 나의 가짜 연애가 진짜가 되어 가는 동안 도대체 무엇이 진심인지 헤아릴 수조차 없게 되었다.

밤이 깊어 갔다. 우리는 한 이부자리에 누워 창으로 스며드는 달빛이 벽지에 만들어 내는 기묘한 형상의 그림자를 바라보며 앞으로 살아갈 날들에 대해 속삭였다. 절대 과거의 우리를 입 밖에 내지 말자는 무언의 약속이었다. 특히 우리는 엄마에 대해서는 말을 아꼈다. 잠결에 다경이 중얼거리는 소리를 희미하게 기억한다.

"이도흠, 나는 엄마가 되면 말이야. 절대로 내 아이를 대리모 손에 키우지 않을 거야. 내 품에서, 나와 함께 웃고 뛰어놀면서 그렇게 즐겁게 살게 할 거야. 기타도 신나게 치게 해 줘야지……. 그런데 이도흠, 넌 누구니? 진짜 너는 누구야?"

꿈속에서 나는 아주 잠깐 엄마 흉내를 냈던 것 같았다.

목이 말라 눈을 떴을 때 머리맡에서 어른거리는 작은 그림자를 보았지만, 너무 피곤해 다시 잠들고 말았다. 다시 눈을 감기 전, 아주 잠깐 그것이 천사의 그림자라고 믿었다.

우리는 새날이 밝음과 동시에 휴대폰 전원을 꺼 버렸다. 밤새 온갖 곳에서 연락이 와 있었다. 평일에 무단결석을 했으니 당연한 결과였다. 아이러니하게도 엄마는 나에겐 연락하지 않았지만 다경에겐 빗발치듯 전화했다. 반면에 다경은 자기 엄마한테서 어떤 연락도 받지 못했다.

이불을 정리하기 전에는 신나게 베개 싸움도 한판 했고 실컷 웃었다. 민박집을 나서는 길은 가벼웠다. 새벽 공기는 어느 때보다 차가웠고 내 팔에 매달린 다경은 따뜻했다.

"이도흠."

다경의 목소리가 새벽 골목길을 갈랐다. 담벼락을 타고 흘러내린 담쟁이넝쿨에 새벽이슬이 보석처럼 촘촘히 맺혀 있었다. 이른 잠을 깬 동네 개가 우리를 향해 두어 번 컹컹 짖어 댔다.

"이도흠, 네 말대로 이제 그만하자, 우리."

헤어지자고 할 때면 웃기지 말라며 거부하던 애가 갑자기 이렇게 나오니 나는 예기치 못한 복병을 만난 저격수처럼 망연자실했다. 비보호 좌회전 신호 앞에서 사고를 낸 얼간이가 되어 버렸다.

"다 알고 있어. 너희 엄마가 내 입시 대리모인 것. 그래서 나랑 일부러 사귄 거야? 기유찬이랑 유월이가 하는 얘기 들었거든. 벌에 쏘인 널 보러 간 날…… 단지에서 너희 엄마도 봤어."

대답하지 않았다. 변명의 여지도 없었다. 그리고 우리는 끝났다.

반년이 흘렀다. 고3이 되었고 나는 여전히 입시가 내 인생에 큰 변화를 가져올 것이라고 믿지 않았다. 하지만 열아홉의 자리에서 스스로 즐기는 법을 찾고 있는 중이었다. 누나가 그랬다. 인생은 천천히 변하는 것이라고. 누나 역시 엄마와 화해하지 못한 채, 에디에게 날아가 버렸다. 학교에 가고 시험도 보고 수험생이라는 딱지도 붙었지만 점심시간이면 축구도 하고 졸리면 수업 시간이라도 잤다. 그리고 아주 가끔 졸다가 깨서 커튼이 바람에 흔들리는 모습을 볼 때면 나풀거렸던 다경의 머리칼을 떠올렸다. 답이 도통 보이지 않는 미적분 문제를 풀 때면 눈으로 미적분을 풀어 대던 다경이 문제지 위로 나타났다. 그래서 나는 여전히 다경이 그립지 않았다. 아주 가끔 다경이 했던 마지막 말이 나를 차갑게 만들었다. 경주에서 돌아와 다시 다경을 찾아가 모든 것이 변했다고 설명하려는 나에게, 그 애는 무덤덤한 목소리로 말했다. 차갑고 싸늘한 표정보다 그 무덤덤함이 두려웠다.

"이도흠, 우리가 한 연애는 나쁜 연애라고. 알아?"

적어도 나는 다경의 질타 앞에서 고개를 숙이는 비겁자는 되고 싶지 않았다. 고개를 빳빳이 들고 무너지는 얼굴을 한 그 애를 주시했다. 점점 일그러지는 그 애의 얼굴로 손이 가려고 했지만 주먹을 꼭 움켜쥐고 참았다.

"나쁜 연애를 한 거라고. 처음부터 진심이라고는 눈곱만치도 없었으니까."

나쁜 연애…… 그렇구나, 내가 한 것은 나쁜 연애였구나. 우리가 나누었던 나쁜 연애의 광경이 머릿속으로 빠르게 스쳐 지나갔다. 속삭이듯 나는 나의 마지막 마음을 꺼내어 보였다.

"처음엔 아니었지만…… 지금은, 지금은 진심이야."

진심이라고 외치는 나를 보는 다경의 표정은 마치 부서지기 쉬운 설탕 과자 같았다. 진짜 그 모든 것들이 나쁜 연애였을까, 의구심이 고개를 드는 순간 권다경이 한숨 쉬듯 말했다.

"그렇다면 넌…… 나쁜 연애를 한 착한 이도흠이네."

보조개가 핀 고요한 미소였다.

아주 오랜 시간이 흐른 뒤, 나는 다경과의 연애를 어떻게 기억하게 될까. 시작이 불쑥 찾아온 것처럼 끝나는 것도 한순간이었던, 짧고 서툴고 특별할 것도 없던 연애가 좋았다. 다경의 말대로 시작부터가 잘못된 연애였다.

방학 특강이라고 아침부터 교실에 앉아 있었지만 오늘따라 유달리 마음 잡기가 쉽지 않았다.

"유찬아."

자습 시간 내내, 휴대폰으로 유월과 메시지를 주고받느라 신난 유찬을 물끄러미 바라봤다. 서로의 일상을 묻는 소소한 메시지 하나만으로도 충분히 행복할 수 있겠지.

"나…… 나, 권다경이 보고 싶어서 안 되겠다."

내 말에 유찬이 고개를 들었다. 나를 빤히 쳐다보더니 책상 서랍에서 물건 하나를 꺼냈다.

"깁스야. 꾀병엔 이게 최고의 아이템이지."

어디서 구했는지 깁스를 꺼내서 내 팔에 씌웠다. 담임을 속여 넘기는 데 최고의 방법이라 할 수 있었다.

"보고 싶으면 가야지. 빌빌거리지 말고 어서 가라고."

바람이 심상치 않았다. 태풍이 오고 있었다. 길어지고 늘어지는 관계에 대해 나는 생각한다. 우리는 무엇이 문제였나. 결론은, 그 무엇도 문제가 될 수 없었다. 애당초 관계의 시작이 잘못되었던 것일 뿐. 비뚤어진 내 목적이 말도 안 되는 것이었을 뿐.

평일 이 시간쯤이면 다경은 SAT 학원에서 수업을 듣고 있을 것이다. 빗방울이 떨어지기 시작했다. 있는 힘껏 달려갔다. 내 마음이 내 발걸음을 앞지르지 못하도록 있는 힘껏 최선을 다해 뛰었다. 턱까지 차오른 호흡에 거짓 따윈 없었다. 이젠 무엇이 진실이고 거짓인지는 중요하지 않은 기분이었다.

한발 늦었다. 횡단보도 앞에 다경이 노란 우산을 들고 서 있었다. 신호가 바뀌고 나는 한달음에 횡단보도 중간으로 달려갔다. 심장이 다시 뛰기 시작했다. 제대로 시동이 걸리고 그 어떤 속임수나 과장

없이 심장이 뜨겁게 반응했다. 심장이 뛰자 발이 제멋대로 움직이고 다경의 앞을 가로막았다.

"즐거워지고 싶어, 나……"

세상에서 가장 진부하고 뻔한 멘트로 대시했다. 그 애가 친천히 나를 돌아봤다. 그리고 언젠가 했던 익숙한 말을 건넸다. 즐겁지 않으면 그건 인생이 아니라고 했던 내 말을 다경은 잊지 않고 있을까. 왜 즐거워지려고 하는지 물었던 모습을, 나는 똑똑히 기억했다.

"그래서, 그래서 네가 보고 싶어."

기타 가방을 멘 다경이 내 앞에 가만히 서서 내 눈동자 속을 들여다본다. 나는 시선을 피하지 않았다. 지금 내 운명은 이 애의 작은 얼굴을 피하지 않고 똑바로 쳐다보는 것.

무심코 다경의 기타 가방에 시선을 빼앗겼다. 까만 가방에 노니는 한 마리의 황금 물고기가 햇살 아래서 여유롭게 헤엄치고 있었다. 눈물이 날 것만 같았다. 속으로 빌었다. 한 번쯤 예전과 같은 모습으로, 우리에게 아무 일도 없었던 듯 이야기를 나누고 서로를 바라보자고. 나는 천천히 입을 열었다.

"비가 오고 바람이 불면 함께 있어야지."

"왜?"

내 말을 무시하지 않고 살짝 목이 잠긴 음색으로 왜냐고 물어 주는 다경이 고마웠다. 꽉 다문 입매 탓에 보조개가 피어올랐다.

"누구 하나 바람에 날아가거나 떨어진 간판에 맞으면 어떡하냐?"

자연스럽게 다경의 손을 잡았다. 그 애의 손은 애당초 내 손을 잡으려고 기다리기라도 한 듯 내 손바닥 안에 감겨 들었다. 이토록 비바람이 거센데도 마주 잡은 손이 따뜻해서 다행이었다.

"태풍 불고 그런 날엔 이렇게 잡아 주기라도 하고 혹시나 넘어지거나 간판에 맞으면 신고 전화라도 해 줘야 하잖아. 그래서 꼭 같이 있어야 하는 거야. 넌 똑똑한 애가 그것도 모르냐?"

나직한 숨소리가 내 어깨 부근에서 맴돌았다. 어깨 부근에 맞닿은 다경의 정수리가 귀여웠다. 정수리를 가로지르는 가지런한 가르마를 물끄러미 보는데 다경이 갑작스레 고개를 들었다. 우리 둘의 눈이 마주쳤다. 살짝 긴장한 나와 달리, 다경이 날 보고 웃었다. 처음 고백했을 때 이 애의 눈매가 어땠더라? 지금은 부드럽게 아래로 휘어진 눈꼬리가 사람을 환장하게 할 만큼 설레게 만들었다. 뺨에 깊게 패인 보조개를 보고 나는 다경의 손을 더욱 꼭 붙잡았다. 아주 오랜 시간이 흘러도 내 기억 속에 남아 있을 보조개였다.

"우리 고3이야."

"알아."

빗줄기가 점점 거세졌다. 다경의 어깨가 젖지 않도록 우산을 옆으로 기울였다.

"이도흠, 너 성적 그대로야?"

"넌 날 뭘로 아냐? 올랐어, 코딱지만큼."

다경이 내 손깍지를 비틀었다. 주짓수를 배웠다더니 손 꺾는 법만 터득했나. 하나도 아프지 않았지만 나는 괜스레 비명을 질렀다.

"인생 즐거우려면 주말에 도서관 나와."

비바람 속을 걸었다. 우리는 휘청거리지 않았다.

'권다경…… 또다시 마음에 든다.'

나는 물병자리였다. 내 안에 이 아이를 담으면 딱 맞겠다.

누군가 내게

정신적으로, 육체적으로 한계다 싶을 때마다 내 곁에 함께 있어 주던 아이, S가 있었다.

부담스러울 정도의 위로나 파이팅을 요란스럽게 외치는 대신, 그 아이는 그냥 가만히 옆에 앉아 고개를 끄덕이거나 날 향해 웃어 주는 게 전부였다.

그 아이가 웃는 모습을 보고 있자면 가슴이 한없이 아래로, 아래로 떨어지는 기분이 들었다. 아래로 향한다는 것은, 나락의 끝으로 치닫는 것이 아니라 아주 안전하고 포근한 솜이불 위에 착지하는 느낌이라고 해야 할까.

그러다 알게 되었다. 수많은 날을 내 곁에서 함께하던 그 아이가 날 향해 웃어 줄 때면, 내 입가에도 작은 보조개가 피어난다는 것을.

작은 보조개는 애정이었고 위안이었고 배려였으며, 어쩌면 내

10대의 전부였을지도…….

나는 그 아이에게 고맙다는 인사를 제대로 전했던가? 그 작은 보조개가 날 향해 있다는 사실을 너무 당연하게 생각하고 있지는 않았던가?

《보조개》를 쓰는 동안, S가 문장과 문장 사이사이에 나타났다. 나직한 말투와 차분한 걸음걸이가 마치 어제 일인 양 떠올랐다. 더 이상 연락이 닿지 않는 그 아이에게, 늦게나마 보내는 고백…….

'누군가 내게 참 좋은 세상을 보여 준다면 그 사람은 너야.'

조퇴하는 나를 배웅하던 그 아이의 모습을 가슴 한구석에서 꺼내 들었다. 4교시 수업 종이 울렸는데도 아랑곳하지 않고 함께 교문 앞에 쪼그리고 앉아 택시를 기다려 주던 S의 모습, 택시가 떠날 때까지 그 작은 보조개를 보이며 손을 흔들어 주던 그날의 풍경을 나는 오래도록 잊지 못할 듯하다.

온갖 아름다운 것들이 숨어 있을 것 같은 그 아이의 작은 보조개를 누군가도 바라보고 있으려나…….

이송현

보조개

1판 1쇄 인쇄 | 2022. 4. 5.
1판 1쇄 발행 | 2022. 4.12.

이송현 지음

발행처 김영사 | 발행인 고세규
편집 박양인 | **디자인** 윤소라 | **마케팅** 이철주 | **홍보** 박은경 조은우
등록번호 제 406-2003-036호 | **등록일자** 1979. 5. 17.
주소 경기도 파주시 문발로 197(우 10881)
전화 마케팅부 031-955-3100 | 편집부 031-955-3113~20 | 팩스 031-955-3111

값은 표지에 있습니다.
ISBN 978-89-349-5467-5 43810

좋은 독자가 좋은 책을 만듭니다. 김영사는 독자 여러분의 의견에 항상 귀 기울이고 있습니다.
전자우편 book@gimmyoung.com | 홈페이지 www.gimmyoungjr.com

어린이제품 안전특별법에 의한 표시사항

제품명 도서 **제조년월일** 2022년 4월 12일 **제조사명** 김영사 **주소** 10881 경기도 파주시 문발로 197
전화번호 031-955-3100 **제조국명** 대한민국 ⚠️**주의** 책 모서리에 찍히거나 책장에 베이지 않게 조심하세요.